NACHTS, WENN DIE SCHATTEN FALLEN

Robert Cormier

NACHTS, WENN DIE SCHATTEN FALLEN

Deutsch von Cornelia Krutz-Arnold

Verlag Sauerländer
Aarau · Frankfurt am Main · Salzburg

MEINEN ENKELKINDERN
JENNIFER SULLIVAN
TRAVIS, DARREN UND MALLORY CORMIER
EMILY, CLAIRE, SAM UND DREW HAYES
ELLEN UND AMY WHEELER
IN LIEBE GEWIDMET

Robert Cormier
Nachts, wenn die Schatten fallen

Deutsch von Cornelia Krutz-Arnold

Umschlaggestaltung: Božena Jankowska

Copyright © 1998 Text, Illustrationen und Ausstattung der deutschen Ausgabe
by Verlag Sauerländer, Aarau, Frankfurt am Main und Salzburg

Printed in Germany

ISBN 3-7941-4320-5
Bestellnummer 01 04320

Die Deutsche Bibliothek – CIP-Einheitsaufnahme
Cormier, Robert:
Nachts, wenn die Schatten fallen / Robert Cormier.
Dt. von Cornelia Krutz-Arnold. –
Aarau; Frankfurt am Main; Salzburg: Sauerländer, 1998
ISBN 3-7941-4320-5

Ich und meine Schwester. Meine Schwester und ich. Über die Jahre hinweg immer füreinander da, auch wenn wir oft Streit hatten, weil sie immer ihren Kopf durchsetzen muss. Bei den Anrufen zum Beispiel. Ich habe sie zugelassen, ohne mit ihnen einverstanden zu sein. Aber jetzt will sie nicht mehr den Vater anrufen, sondern den Jungen.

Ich schreibe das alles auf. Bisher habe ich nie ein Tagebuch geführt oder Aufzeichnungen gemacht oder so. Meine Gedanken und Erinnerungen waren genug, aber seit sie die Oberhand bekommt, halte ich es für nötig, alles festzuhalten. Wozu? Es ist besser so, für meine Aussage, für den Fall, dass irgendwas passiert.

Mach dir doch nichts vor, sagt sie. *Du weißt genau, was passieren wird.*

Ich achte nicht auf sie. Gebe keine Antwort.

Oder etwa nicht?, fragt sie.

Oder etwa was nicht?, sage ich. Ich will nicht in ihre Pläne mit hineingezogen werden und weiß doch genau, dass ich ihr nicht widerstehen kann.

Weißt du nicht, was passieren wird? Denk an das, was mir passiert ist. Was ich alles durchmachen musste.

Meine Schwester heißt Louise, aber alle nennen sie Lulu. Als kleines Kind konnte sie Louise nicht richtig aussprechen und nannte sich selber Lulu.

Wir waren immer viel zusammen. Obwohl sie nur ein knappes Jahr älter ist als ich, behandelt sie mich wie ein Baby. Sie sagt auch heute noch Baby zu mir.

Schon als Kind war sie wie eine Mutter zu mir. Sie fasste mich gern an. Um mich zu kitzeln oder zu streicheln. Sie packte und knuffte und rubbelte mich, dass es mich zum Wahnsinn trieb. Ich fing erst an zu kichern und dann zu lachen und schließlich wurde mir richtig schlecht.

Aufhören, aufhören, schrie ich und dann hörte sie endlich auf und nahm mich in die Arme, hielt mich fest und küsste mich auf die Backen, nasse Küsse, in denen manchmal Tränen waren, und sie sagte mir, wie lieb sie mich hat.

Ich werde immer für dich sorgen, Baby, sagte sie. *Ich werde dich nie verlassen.*

Und ich glaubte ihr.

Nach dem Tod unserer Eltern kamen wir zu Tante Mary.

Tante Mary war die Schwester meiner Mutter. Sie hatte nie geheiratet und arbeitete als Lehrerin in der katholischen Privatschule St. Luke. Nach dem Unterricht ging sie jeden Tag noch kurz in die Kirche neben der Schule. Jeden Abend betete sie drei Rosenkränze, bevor sie ins Bett ging, und kniete dabei auf dem Fußboden.

Ihr Haushalt war genauso organisiert wie ihr Unterricht: Für alles gab es eine festgesetzte Zeit. *Unsere Zeit* war von sieben bis acht. In dieser Stunde beschäftigte sie sich mit Lulu und mir und wir beschäftigten uns mit ihr. Wir lasen Bücher vor oder führten kleine Stücke auf, die Lulu sich ausgedacht hatte. Die Stücke waren zum größten Teil ihre Version von Filmen oder Fernsehsendungen, zum Beispiel die Schluss-Szene aus einem alten Film, der *Sturmhöhe* heißt. Sie war Cathy, die sterbend im Bett lag, und ich war Heathcliff und musste sie hochheben, nachdem sie gestorben war, und sie zum Fenster tragen. Mir wurden immer die Knie weich, wenn ich sie hochhob, und sie wurde sauer auf mich und ich wurde sauer auf sie, weil ich nicht wollte, dass sie stirbt, noch nicht mal, wenn es nur Theater war.

Manchmal spielte sie eine Komödie, weil sie Tante Mary so gern zum Lachen brachte. Tante Mary lachte nicht oft und Lulu war hell begeistert, wenn Tante Mary mit einem Mal anfing zu quieken.

Tante Mary war für uns Mutter und Vater und sämtliche Onkel und Tanten in einer Person. In unserer Familie gab es nur uns drei. Unsere Eltern waren gestorben, als wir noch ganz klein waren. Ich habe gar keine Erinnerung mehr an sie, aber Lulu behauptet, sie könne sich noch erinnern. Wenn ich traurig war, erzählte sie mir Geschichten über unsere Eltern. Wie gern sie tanzten. Wie sie das Radio anmachten oder eine Platte auflegten und in der Küche tanzten, eng umschlungen durch die Zimmer schwebten und über das Linoleum in der Küche glitten, als berührten ihre Füße nicht den Boden.

Wieso weißt du das alles noch, fragte ich, *und ich nicht?*

Wahrscheinlich weil ich intelligenter bin als du, sagte sie.

Aber du warst erst zwei, als sie gestorben sind.

Eine Zweijährige mit Köpfchen, sagte sie. *Weißt du was? Ich weiß sogar noch, wie ich aus dem Mutterleib gekrochen bin. Ich erinnere mich an den Klaps. Voll auf den Po. Hat höllisch wehgetan ...* Und sie lachte.

Ich wusste nie, ob sie sich etwas nur ausdachte oder nicht, aber ich liebte die Geschichte von unseren Eltern, wie sie in der Wohnung durch die Zimmer tanzten.

Das Lieblingslied unserer Eltern war *Blue Christmas* von Elvis Presley. Alle anderen spielten *White Christmas* von Bing Crosby, aber sie legten *Blue Christmas* auf und tanzten durchs Zimmer.

Aber Blue Christmas *ist ein trauriges Lied,* sagte ich. *Trauriger Text, traurige Musik.*

White Christmas *ist auch nicht gerade witzig,* sagte sie. *Vielleicht mochten sie traurige Lieder, weil sie eine Vorahnung hatten, was mit ihnen passieren würde.*

Ich beneidete Lulu, weil sie sich noch an so viel erinnerte. Und selbst wenn sie sich das nur ausdachte, beneidete ich sie um ihre Fähigkeit alles so echt wirken zu lassen.

Wir wohnten im zweiten Stock, unter den Denehans mit ihren sechs Kindern. Eileen Denehan war Lulus beste Freundin. Ich war mit keinem der Denehans befreundet. Sie waren laut und lebhaft und flitzten kreuz und quer durch die Gegend, aber keiner von ihnen las gern oder hätte sich jemals in die Nähe der Stadtbücherei begeben. Eileens Brüder – Billy, Kevin, Mickey, Raymond und Tom – spielten Baseball und Lulu riss Witze darüber, dass sie lieber Basketball spielen und eine eigene Mannschaft gründen sollten.

Die Jungen beachteten mich nicht und ich würdigte sie keines Blicks. Und überhaupt, ich hatte ja Lulu. Und Lulu hatte mich. Aber sie hatte auch Eileen. Eileen war die intelligenteste von allen Denehans und die lebhafteste.

Genau wie Lulu. Sie wussten im Voraus, was die andere sagen wollte, und sie liebten verrückte Tierwitze, die sie selbst erfanden und über die nur sie selbst lachen konnten. Warum sind Pferde so treu? Antwort: Heu. Ich glaube, diese verrückten Witze waren eine Art Geheimcode, aber ich habe Lulu nie danach gefragt.

Eileen erzählte uns von der großen Halloween-Vorstellung im *Globe Theater*, einem prächtigen alten Kino. Mit Zauberkunststücken und Sängern und Tänzern und Jongleuren und einmal war ein Mann hoch über den Köpfen des jugendlichen Publikums auf einem Drahtseil gelaufen. *Aber es gibt nur eine bestimmte Anzahl von Plätzen,* sagte sie. *Und man muss sozial benachteiligt sein um für eine Karte in Frage zu kommen.*

Was heißt sozial benachteiligt?, fragte Eileens Bruder Billy.

Arm, sagte Eileen.

Ich weiß, was sozial benachteiligt bedeutet, und wir sind nicht sozial benachteiligt, sagte Lulu.

Klar doch, sagte Eileen mit diesem besserwisserischen Gehabe, mit dem sie Lulu in nichts nachstand. Deshalb waren sie ja auch so gute Freundinnen.

Eine Veranstaltung mit tausend kreischenden Gören stelle ich mir nicht besonders toll vor, sagte Lulu.

Dann sah sie mein Gesicht. Ich hätte gerne einen Zauberer gesehen, der live auf der Bühne seine Kunststücke vorführte und nicht nur im Fernsehen.

Okay, sagte Lulu, *wenn wir sozial benachteiligt sein müssen um die Vorstellung sehen zu dürfen, dann sind wir das eben.*

Später, bei unserer Sieben-bis-acht-Zeit mit Tante Mary, sagte Lulu: *Ich weiß, dass wir nicht wirklich sozial benachteiligt sind, aber Eileen hat uns von einer Halloween-Vorstellung erzählt, die wir gern sehen würden.*

Ach, diese Vorstellung kenne ich, sagte Tante Mary. *Das ist eine Tradition hier in Wickburg. Wieso habe ich nicht schon längst daran gedacht, euch in die Vorstellung zu schicken?*

Sie fing an zu weinen. *Da seht ihr, was euch alles entgeht, weil euch eine alte Jungfer großzieht.* Die Tränen auf ihren Wangen waren jetzt wie kleine, zerplatzte Seifenblasen. *Ihr müsst nicht sozial benachteiligt sein um dort hinzugehen. Und ihr habt beide Anspruch auf einen Platz. Weil ihr Waisen seid, ihr Ärmsten.* Jetzt weinte sie richtig, mit laufender Nase und verschmierten Wangen. Lulu reichte ihr ein Papiertaschentuch.

Wir waren wirklich Waisen, Lulu und ich, ganz waschechte.

Als wir kaum zwei Jahre alt waren, fuhren unsere Eltern eines Abends in ein Autokino. Normalerweise fuhren sie nicht in Autokinos, weil dort Horrorfilme gezeigt wurden und junge Pärchen im Auto knutschten und Angebertypen mit Popcorn schmissen und sich auf die Motorhaube setzten und Bier tranken. Aber mein Vater war ein Gefühlsmensch, sagte Tante Mary. Bei ihrer ersten Verabredung waren meine Eltern in einem Autokino gewesen und mein Vater überredete meine Mutter zur Erinnerung daran, noch mal hinzufahren.

Aber die Angebertypen waren an diesem Abend noch angeberischer als sonst, sie waren betrunken oder standen vielleicht auch unter Drogen. Sie umringten das Auto meiner Eltern und schaukelten es hin und her und schlugen mit den Fäusten auf die Motorhaube ein und mein Vater kurbelte das Fenster runter und fluchte und fuhr schließlich weg. Aber die Angebertypen verfolgten sie mit zwei oder drei Autos, fuhren ihnen hinten rein oder überholten sie ganz knapp. Mein Vater verlor die Kontrolle über das Auto und der Wagen knallte gegen einen Baum. Sah aus wie eine kaputte Ziehharmonika, sagte Lulu.

Sie behauptet, sich an den Abend erinnern zu können, als sie ins Autokino fuhren. Dass meine Mutter ein perlenbesticktes blaues Kleid anhatte, als ginge sie auf einen vornehmen Ball. Und mein Vater trug ein weißes Hemd und seine beste Krawatte, blau mit roten Streifen. Sie sahen wunderschön und vergnügt aus, sagte Lulu, und das ist eine schöne Erinnerung. Aber ich glaube, das hat sie mir nur erzählt um mir eine Freude zu machen.

Jedenfalls, so wurden wir zu Waisen und kamen zu Tante Mary.

Lulu ist nie gern Bus gefahren. Sie konnte die Abgase nicht ausstehen. Sie hatte immer das Gefühl, als kämen die Abgase durch alle Ritzen, so dass es gar keine Rolle spielte, ob die Fenster offen oder zu waren.

Der Bus war proppenvoll und alle außer Lulu waren ganz gespannt auf die Vorstellung im *Globe* und den Zauberer, der, wie es hieß, Leute verschwinden ließ. Alle redeten durcheinander und ein paar Kinder sangen ein blödes Lied über eine Ente. Lulu, Eileen und ich hatten uns zu dritt auf einen Sitz gequetscht, ich saß in der Mitte. Wie üblich ignorierte mich Eileen und ihre Brüder machten es genauso. Sie liefen im Bus auf und ab und scherten sich nicht um die Mahnungen des Fahrers doch bitte sitzen zu bleiben.

Eileen konnte es nicht fassen, dass ich ein Buch dabeihatte. Als ich es in die Tasche steckte, hatte ich geglaubt, dass niemand etwas davon gemerkt hätte. Ich hatte immer ein Buch dabei, ganz egal, wo ich hinging.

Vor dem *Globe* war ein großes Plakat mit einem Zauberer, einem bösen Finsterling, dem das Blut nur so von den Händen tropfte. Alle im Bus, sogar die Denehans, verstummten ehrfürchtig.

Im Gänsemarsch, rief der Fahrer und alle gehorchten. Lulu hielt mich an der Hand, obwohl ich hinter ihr ging.

Hast du deine Gutscheine?, fragte Lulu und schaute mich über die Schulter an. Ich nickte. Gutscheine für kostenlose Süßigkeiten und Limo – klar hatte ich die sicher in der Tasche verwahrt.

Im *Globe* schickte mich Lulu los. Ich sollte drei gute Plätze suchen, während sie meine Gutscheine nahm. Für den Fall, dass auch Eis zu haben war, sollte sie Schokoladeneis besorgen.

Schubsend und schiebend bahnte ich mir einen Weg durch Kinder, die kreuz und quer durcheinander liefen und dabei schrien und lachten. Ich fand drei Plätze in der Mitte. An Lesen war nicht zu denken, bevor Lulu wieder aufgetaucht war, denn ich musste die Plätze gegen die anderen Kinder verteidigen. *Die sind besetzt,* sagte ich tausendmal.

Das *Globe* war schon alt und sah ganz anders aus als die Kinos im Einkaufszentrum. Die Kinder zeigten zu dem großen Kronleuchter hoch, der mich an Tropfsteine erinnerte. Lauter Gold und glitzerndes

Glas. Aber die Glühbirnen brannten nicht und der Kronleuchter hing an einem hauchfeinen Draht.

Lulu sah mich zum Kronleuchter hochschauen.

Nur keine Angst, sagte sie.

Aber ich konnte nichts daran ändern, dass ich Angst hatte, und Lulu konnte schon immer meine Gedanken lesen.

Dieser Kronleuchter macht mir auch Angst, sagte Eileen. Sie sah sich um und winkte Billy und Kevin herbei. Die beiden hatten feuerrote Backen und ihre roten Haare waren völlig zerzaust.

Besorgt uns irgendwo anders drei Plätze, befahl Eileen.

Sie zischten ab, drängelten und schubsten und fegten andere Kinder beiseite. Wir standen mitten in diesem Durcheinander. Lulu und Eileen futterten Popcorn; ihre Lippen glänzten von der Butter. Mein Eis schmolz und lief mir über die Finger. *Es gab keine Servietten,* sagte Lulu angewidert und wischte sich den Mund mit dem Handrücken ab.

Schließlich gab uns Billy ein Zeichen. Vermutlich hatte er die Ellbogen eingesetzt, aber immerhin hatte er uns nebeneinander liegende Plätze besorgt, recht weit hinten, unter der Galerie.

Das ist ziemlich weit weg von der Bühne, jammerte ich.

Lulu fixierte mich mit ihrem geduldigen Blick.

Wir setzten uns alle hin.

Zehn Minuten später war Lulu tot.

Und der Alptraum begann.

ERSTER TEIL

Das Telefonklingeln flammte durch die Nacht und riss ihn aus dem Schlaf, als würde ein Verband von einer Wunde heruntergefetzt. Er sah zur Digitaluhr hin: 3:18 in scharlachroten Leuchtziffern. Sofort war er hellwach und dachte: Jetzt geht es wieder los, aber zu früh – viel zu früh dieses Jahr.

Der erste Anruf kam normalerweise im Oktober, ein paar Wochen vor dem Jahrestag. Jetzt aber war Anfang September, die letzten Stunden einer anhaltenden Hitzewelle. Träge drehten sich Ventilatoren in den Schlafzimmerfenstern, Ventilatoren, deren Surren das Läuten des Telefons, unablässig und beharrlich, nicht übertönten. O bitte, hoffentlich hat sich bloß jemand verwählt, betete er.

Auf den Ellbogen gestützt lauschte er und zählte das Klingeln, legte nach jedem eine Pause ein ... sechs (Pause), sieben (Pause) ... und hörte seinen Vater müde durch den Flur tapsen. Eigentlich hörte er ihn nicht, aber er konnte ihn *spüren*, wie er langsam vorwärts ging, widerstrebend zwar, aber er ging dennoch.

Das Telefonklingeln hörte unvermittelt auf.

Er wartete, immer noch halb sitzend und halb liegend, den Ellbogen in die Matratze gebohrt. Seine Stirn war schweißnass. Er spitzte angestrengt die Ohren, hörte jedoch nichts.

Schließlich stand er auf, ging vorsichtig zur Tür – seine Tür stand immer einen Spalt offen –, lugte hinaus und sah seinen Vater, dessen Shorts und T-Shirt sich weiß von der Dunkelheit abhoben, mit dem Hörer am Ohr. Lange beobachtete er ihn und wagte nicht sich zu rühren.

Sein Vater legte den Hörer auf und blieb stehen, stumm und allein und reglos.

Da wusste Denny, dass sich niemand verwählt hatte. Er sah seinem Vater dabei zu, wie sein Vater das Telefon ansah. Mit einem leisen Seufzer machte Denny kehrt und ging zurück ins Bett. Seine Augen hatten sich jetzt an die Dunkelheit gewöhnt, so dass Umrisse und Formen Gestalt annahmen – CD-Player, Schreibtisch, an dem er seine Schularbeiten machte, Pinnwand. Alles so nüchtern und unpersönlich wie in einem Hotelzimmer. Mit einem Mal fröstelte ihn und er stellte den Ventilator im Fenster ab.

Er stand am Fenster und blickte auf die stille Straße hinaus, die von dunklen Schatten überlagert war, so dass der Ahornbaum gegenüber wie ein riesiger Tintenklecks wirkte. In den anderen Wohnungen waren die Fenster dunkel. Nur weiter oben in der Straße drang ein Lichtfleck aus dem 24-Stunden-Laden, der rund um die Uhr geöffnet war. Denny fragte sich, wer um drei Uhr morgens einkaufen ging. Oder um diese Uhrzeit irgendwo anrief.

Als er schließlich wieder im Bett lag, versuchte er sich zu entspannen und den Schlaf herbeizuholen. Er wälzte sich von einer Seite auf die andere, in wirren Laken, die sich um seine Beine wickelten. Und während er an dieses furchtbare Datum in ein paar Wochen im Oktober dachte, schwor er sich, dass er diesmal nicht tatenlos zusehen würde, so wie sein Vater. Er war kein kleines Kind mehr. Er war sechzehn. Zwar wusste er noch nicht, *was* er tun würde, aber er würde *etwas* tun.

»Ich bin nicht mein Vater«, murmelte er in sein Kissen.

Es dauerte lange, bis der Schlaf kam.

Nachts höre ich sie rastlos durchs Zimmer gehen, immer auf und ab. Bewegungslos liege ich in meinem Bett und stelle mich schlafend. Ich weiß, was sie will. Ich weiß, dass sie ihn anrufen will. Ich hoffe, dass es nicht so ist. Aber ich weiß auch, dass Halloween näher rückt und sie anrufen muss.

Bevor sie anruft, bleibt sie immer an meinem Bett stehen. Vergewissert sich, dass ich schlafe. Ich bemühe mich gleichmäßig zu atmen. Ich täusche ein Schnarchen vor, aber nicht zu stark, denn sonst merkt sie, dass ich sie zum Narren halte. Am liebsten würde ich sagen: Ruf bitte nicht an. Lass ihn in Ruhe. Aber das hat keinen Zweck. Dieses Jahr schon gar nicht.

Letzte Nacht spielte sie wieder den gewohnten Ablauf durch. Ging auf und ab, stellte sich ans Fenster, sah hinaus, stand dann an meinem Bett.

Ich höre, wie sie die Tasten drückte. Die gespenstische Melodie der gewählten Nummer. Ich hörte ihre Stimme. Ruhig zuerst, sanft. Dann zunehmend barsch, als sie zornig wurde, wie immer.

Warum hört er sich das an? Das frage ich mich immer wieder. Warum legt er nicht auf? Warum nimmt er nachts nicht den Hörer von der Gabel? Oder zieht den Stecker raus?

Einmal habe ich sie gefragt: *Was sagt er denn zu dir?*

Nichts, sagte sie. *Er hört nur zu. Aber ich kann fast hören, wie sein Herz schlägt.*

Vergangene Nacht war es jedoch anders. Sie wurde nicht zornig. Ihre Stimme war fast zärtlich, als sie mit ihm sprach.

Als sie aufgelegt hatte, kam sie und stellte sich neben mein Bett. Ich wusste, dass sie da war, denn ich hörte ihre Pantoffeln leise auf den Boden klatschen, als sie näher kam.

Ich machte die Augen auf und sah zu ihr hoch.

Ich werde ihn nicht mehr anrufen, sagte sie.

Ein Seufzer entschlüpfte mir, wie ein Geist, der meinen Körper verließ.

Jetzt ist der Sohn dran, sagte sie. *Die Sünde des Vaters wird heimgesucht am Sohn.*

O nein, Lulu, sagte ich. *Bitte tu das nicht.*

Ich muss es tun, sagte sie.

Gar nicht wahr!

Ich bin diejenige, die gestorben ist, sagte sie. *Nicht du.*

Sie wandte sich von mir ab und ließ sich vom nächtlichen Dunkel verschlucken.

D ie übliche Szene am Morgen: Denny, seine Mutter und sein Vater.

Seine Mutter, die darauf wartete, dass der Kaffee im kleinen Glaskolben der Kaffeemaschine zu brodeln begann; sein Vater mit der Zeitung vor dem Gesicht, das Rascheln der Seiten beim Umblättern; Denny, der den geschmacklosen Weizenschrot aß, als versuchte er Heu hinunterzuwürgen.

Zurück zu seiner Mutter: immer noch hübsch, aber wie ein Bild, das allmählich verblasst, in Pastellfarben übergeht. Graue Strähnen in ihrem immer noch blonden Haar. Die Haut so hell wie Elfenbein. Alles an ihr war hell, bis auf die Augen. Schwarzbraun, durchdringend, strahlend. Das Schönste an ihr, sagte sie immer, tat aber nie etwas um sie hervorzuheben.

Wenn er wissen wollte, was sie wirklich dachte, sah er ihr stets in die Augen. Sie merkte das, aber darüber wurde nicht gesprochen. Wenn sie sich abwandte, wusste er instinktiv, dass sie etwas vor ihm verbergen wollte. Meistens hatte das mit seinem Vater zu tun.

Sein Vater. Hinter der Zeitung. *Versteckt* hinter der Zeitung, vor allem heute Morgen. Las er die Zeitung wirklich? Er redete nie über das, was er gelesen hatte. Zeigte keinerlei Reaktion. Die *Red Sox* haben wieder ein Baseball-Spiel verloren, haben im letzten Durchgang alles vermasselt? Keine Reaktion. Wieder ein sinnloser Tod auf den Straßen von Boston? Eine Schlägerei? Eine Schießerei aus dem fahrenden Auto? Eine Vergewaltigung durch eine ganze Horde von Kerlen? Keine Reaktion. Las er die Zeitung wirklich oder benutzte er sie nur als Barrikade?

Und Denny selber. Was sahen seine Eltern, wenn sie ihn anblickten? Das Offensichtliche: braver Sohn, guter Schüler – nicht herausragend, kein Genie (eindeutig kein Genie), aber ein ordentlicher Junge. Gab keinen Anlass zur Sorge. Höflich. Oh, manchmal konnte er sarkastisch werden, wenn sich zu viel ansammelte und niemand auch nur einen Ton sagte. Ungelenk, unsportlich, still. Hielt sich viel in seinem Zimmer auf. Las, hauptsächlich Schrott, aber auch guten Schrott – die Krimis von Ed McBain verschlang er nur so.

Das würde man durchs Fenster sehen: eine normale Familie. Frühstück. Die Mutter macht Kaffee. Der Vater mit der Zeitung. Der Sohn, der gehorsam seinen Weizenschrot isst, weil seine Mutter ihm sagt, dass das gesund ist.

Aber wer durchs Fenster hereinsah, würde nichts von den Anrufen wissen.

Er schob den Teller fort. Der Kaffee begann durchzulaufen. Sein Vater raschelte mit den Seiten um anzuzeigen, dass er noch nicht fertig war mit dem Lesen. Wenn er die Zeitung senkte, würde er seinem Sohn, seiner Frau begegnen.

Seit fünfzehn Minuten war Denny in der Küche und außer »Guten Morgen« hatte niemand auch nur ein Wort gesagt. Sie führten kaum jemals Familiengespräche, beim Frühstück schon gar nicht. Sein Vater zog Schweigen einem großen Gerede vor und seine Mutter richtete sich nach ihm. Meistens war die Stille behaglich. Aber das Schweigen heute Morgen war anders und Denny wollte es durchbrechen.

Und das machte er schließlich auch.

»Ich hab in der Nacht das Telefon gehört.«

Er warf die Worte auf den Tisch, wie Steine.

Die Zeitung in den Händen seines Vaters erzitterte.

»Oder hab ich nur geträumt?« Er hoffte, dass sein Vater den sarkastischen Unterton heraushören würde.

Weiteres Schweigen. Weiteres Warten. Und dann weiterer Sarkasmus.

»Oder hatte sich jemand verwählt?«

Er war es so leid, das So-tun-als-ob, das Schweigen.

Schließlich ergriff sein Vater das Wort, sprach hinter der Zeitung hervor. »Es hatte sich niemand verwählt.« Er ließ die Zeitung sinken und legte sie langsam und ordentlich zusammen.

Sein Vater war ein kleiner, zierlicher Mann, sehr gepflegt. Die Schuhe immer blank, das Hemd nie zerknittert. Er konnte am Automotor herumbasteln oder im Garten arbeiten ohne seine Kleidung zu beschmutzen. Niemals wies sein Gesicht Spuren von Schmutz oder Schmierfett auf. Denny hingegen schien Schmutz und Dreck förmlich anzuziehen und seine Hemden und Hosen begannen in dem Moment zu knittern, in dem er hineinschlüpfte, noch bevor er auch nur einen Schritt darin getan hatte.

»Das Telefon hat um genau drei Uhr achtzehn geklingelt«, sagte sein Vater in seiner korrekten, genauen Art. Er benutzte nur selten umgangssprachliche Ausdrücke. Sprach so, als probierte er die Worte zum ersten Mal aus. Immer noch war er damit beschäftigt, die Zeitung zusammenzulegen und sein Blick war weder auf Denny noch auf seine Frau gerichtet.

Denny wartete darauf, dass sein Vater noch mehr sagte. Aber sein Vater gab ein Zeichen, dass er seinen Kaffee wollte. Seine Mutter sah Denny nicht an. Sie blickte auch seinen Vater nicht an, sondern konzentrierte sich darauf, den Kaffee einzugießen, verhielt sich so, als führte sie beim Eingießen ein wichtiges Experiment durch.

Denny holte tief Luft und wagte den Sprung. Dieses Jahr, dieses Mal, musste es anders werden.

»Dann hat es also wieder angefangen«, sagte er.

Sein Vater lächelte, nur die Andeutung eines Lächelns, das traurigste Lächeln, das Denny je gesehen hatte. Eigentlich war es gar kein Lächeln, sondern nur eine leichte Veränderung im Gesichtsausdruck.

»Ja, wieder mal«, sagte sein Vater und nickte so schwer, als könnten seine Schultern den Kopf nicht mehr tragen.

Vom Spülbecken her sagte seine Mutter: »Dieses Jahr sollten wir das Telefon abstellen. Oder uns wenigstens eine andere Nummer geben lassen. Eine Geheimnummer. Die nicht im Telefonbuch steht.«

Sein Vater sah seine Mutter an. Denny kannte den Blick, wusste, was er zu bedeuten hatte. *Wir stellen das Telefon nicht ab.*

»Vor allem in diesem Jahr«, sagte sie. Und sie drehte sich um und sah ihm in die Augen.

»Es ist ein Jahr wie jedes andere auch, Nina«, sagte sein Vater.

»Nein, das stimmt nicht.« Ihr Gesicht war grimmig, entschlossen. Das überraschte Denny. Normalerweise schloss sich seine Mutter sehr schnell der Meinung seines Vaters an, war stets bereit die Wogen zu glätten.

Er hasste es, wenn seine Eltern uneins waren. Im Grunde hatte er es noch nie erlebt, dass sie stritten, außer um diese eine Sache. Und selbst da schwiegen sie eher, als dass sie stritten. Aber er hatte festgestellt, dass eine bestimmte Art von Schweigen schlimmer sein könnte als Zanken und Schreien.

Sie drehte den Wasserhahn auf. »Wir telefonieren doch sowieso kaum. Wie viele Leute kennen uns hier? Wie viele andere Leute rufen uns an?«

Andere Leute. Schreckliche Worte, die betonten, wer sie wirklich anrief.

»Wir behalten das Telefon«, sagte sein Vater. »Und wir werden nicht wieder umziehen. Wir haben dieses Haus gefunden. Es ist schön hier und wir bleiben. Keine Umzüge mehr.« Er sah erst Dennys Mutter an, dann Denny und dann wieder Dennys Mutter. »Es bleibt alles so wie gehabt.«

Mutige Worte. Am liebsten hätte Denny seinem Vater zugejubelt. Aber der Augenblick verstrich und er kniff die Lippen zusammen, dachte an die vielen Nächte, die vor ihm lagen, an die Anrufe und all das andere.

All das andere, dachte er, als er in der Wärme des sonnigen Morgens zur Bushaltestelle ging. Das bedeutete: die Briefe, die sein Vater nur überflog, bevor er sie entweder im Spülbecken verbrannte oder im Klo hinunterspülte; Reporter, die an der Tür klingelten; die Zeitungen mit den Schlagzeilen, in denen der Name seines Vaters vorkam, zusammen mit dem alten Bild, das ihn als Junge zeigte; das Gesicht seines Vaters im Fernsehen. Nicht ständig, natürlich, und nicht jedes Jahr. Aber ganz gewiss in diesem Jahr, einem besonderen Jahr, zum fünfundzwanzigsten Jahrestag.

An der Bushaltestelle angekommen, betrachtete er missgestimmt die Kinder, die dort warteten. Es war erniedrigend, jeden Schultag so zu beginnen, als einziger Highschool-Schüler der ganzen Gegend. Die anderen an der Haltestelle gingen noch in die Grundschule, die Ältesten waren in der sechsten Klasse, manche sehr viel jünger.

»Hey, Denny, wann legst du dir endlich ein Auto zu und fährst uns alle zur Schule?«

Jeden Tag die gleiche Frage von Dracula, dem Denny einmal anvertraut hatte, dass sein Vater ihn den Führerschein erst mit siebzehn machen ließ. Zu viele rasende Jugendliche auf der Straße, sagte sein Vater. Denny hatte sich für den Führerschein stark machen wollen, damit er ihn *jetzt* machen konnte und nicht warten musste. Aber durch den Anruf war das Ganze kompliziert geworden.

»Hey, Denny, man braucht einen Führerschein, bevor man sich ein Auto zulegt, stimmt's?« Dracula ließ nicht locker.

Denny ignorierte ihn. Ignorierte auch die anderen Kinder, die sich balgten und zankten und mit Schimpfwörtern um sich warfen. Wie üblich fingen zwei eine Prügelei an. Diesmal waren es Frankenstein und der Wolfsmensch. Er hatte für alle heimliche Spitznamen, meistens nach irgendwelchen Filmungeheuern.

Frankenstein und der Wolfsmensch legten jetzt richtig los, rangen, rauften und balgten und stürzten zu Boden. Denny sah teilnahmslos zu.

»Warum unternimmst du nichts?«

Bei diesen Worten drehte er sich um. Vor ihm stand ein Mädchen mit zornig funkelnden Augen. Sie betrachtete ihn mit dem gleichen Abscheu, den er diesen kleinen Monstern entgegenbrachte. »Die bringen sich noch um ...«

»Na, sollen sie doch«, sagte er. Aber das war natürlich nicht sein Ernst, aus ihm sprach nur der Zorn auf die Kinder, das Mädchen, sich selbst. Wie kam dieses Mädchen dazu, ihn so anzumachen? Es war ihm ganz egal, ob sie hübsch war oder nicht. (Sie war wunderschön.) Mit einem empörten Kopfschütteln machte sie sich daran, der Schlägerei ein Ende zu bereiten. Sie stellte ihre Tasche ab und zog am Wolfsmensch herum, der auf Frankenstein drauflag. Dracula und Igor und alle anderen feuerten die beiden an.

Erstaunt sah Denny zu, wie das Mädchen den Wolfsmensch von Frankenstein herunterzerrte, ihn an den Schultern packte und um seine eigene Achse drehte. Als sie losließ, flog er auf den Bürgersteig und jaulte dabei vor Schmerz und Demütigung auf.

Sie beugte sich über Frankenstein. »Alles in Ordnung?«, fragte sie.

Er trat nach ihr. »Lass mich in Ruhe, du Miststück«, schrie er und huschte davon.

Das Mädchen hob ihre Tasche auf und warf Denny einen Blick zu. »Vielen Dank für deine Hilfe«, sagte sie in einem Tonfall, der so trocken war wie der Sand auf einem Spielplatz.

»Es sah nicht so aus, als hättest du Hilfe gebraucht«, sagte er.

Zwei andere Kinder fingen an sich zu schubsen und zu stoßen und einander zu beschimpfen.

»Siehst du?«, sagte er. »Das ist wie im Krieg. Man gewinnt eine Schlacht, aber der Kampf geht weiter...« Er fand, dass sich das ganz schön schlau anhörte.

Ohne eine Antwort ging sie zum anderen Ende der Haltestelle. Verstohlen schaute er zu ihr hin. Die blaue Tasche hing ihr über der Schulter. Ihre Haare waren tiefschwarz. Sie hatte eine weiße Bluse an und einen beigefarbenen Rock.

Im Bus saß er allein, wie üblich.

Er war überrascht, als sie sich zu ihm setzte. Es gab genügend freie Plätze; sie hätte sich überall hinsetzen können.

»Stör ich dich?«, fragte sie, ließ sich aber bereits nieder.

»Wir leben in einem freien Land«, sagte er und zuckte mit den Schultern. Sein Puls hämmerte in seiner Schläfe.

»Vielen Dank.« War das spöttisch gemeint?

Mit einem Ruck fuhr der Bus an. Eins der kleinen Monster rutschte von seinem Platz und landete mit einem Aufschrei auf dem Boden. Er wurde bejubelt und verhöhnt.

»Warum machst du so ein finsteres Gesicht?«, fragte das Mädchen.

»Was?«, gab er erschrocken zurück. Schaute er wirklich finster drein?

»Ich habe gesagt: Du machst ein finsteres Gesicht. Was siehst du da draußen, wenn du durchs Fenster schaust? Was schlägt dir so auf die Laune?«

»Die Bäume«, sagte er. Etwas musste er ja sagen.

»Die Bäume?«

»Genau. Schau sie dir nur mal an. Völlig verstümmelt. Die Elektrizitätsgesellschaft stutzt die Äste, hackt sie einfach ab, damit sie den Leitungen nichts anhaben können. Die Bäume sehen alle so ... verwundet aus.«

»Aber die Leitungen versorgen die Häuser mit Strom«, sagte sie.

Er zuckte mit den Schultern, verzichtete auf eine Antwort. Hatte keine Lust zum Diskutieren.

»Würdest du lieber ohne Strom leben?«, fragte sie. »Im Dunkeln herumstolpern? Kerzen statt Glühbirnen verwenden?«

Der Bus hielt und nahm weitere Fahrgäste auf, Türen öffneten sich und schlossen sich wieder, Auspuffgase erfüllten die Luft.

Man müsste die Leitungen unterirdisch verlegen. Das würde die Bäume schützen. Außerdem könnten dann vom Sturm heruntergerissene Äste nicht die Stromversorgung unterbrechen. Das war doch logisch, oder? Aber dem Mädchen sagte er nichts davon. Wollte keine weitere Unterhaltung.

»Na?«, sagte sie. Wartete sie etwa auf seine Antwort?

»Hör mal, was willst du denn von mir?« Sah sie immer noch nicht an. Im Bus breitete sich Hitze aus. Heiß heute für September.

»Nichts«, sagte sie. »Ich will nichts von dir. Außer vielleicht ein bisschen zivilisiertes Verhalten.«

Zivilisiertes Verhalten. Ein komischer Ausdruck. Gemeint war: Benimm dich zivilisiert. Sei nett.

Eigentlich wäre er gern nett gewesen. Wollte charmant und geistreich und klug sein. Sie war auf eine Weise schön, dass es wehtat. Er konnte ihr Parfüm riechen. In Wirklichkeit war das gar kein Parfüm, sondern ein sauberer Geruch nach frischer Luft. Erinnerte ihn an einen Windhauch, der über einen Teich streicht und leichte Wellen aufwirft.

Unglücklich konzentrierte er sich auf die Aussicht durchs Fenster. Gar keine Aussicht, nur Häuser und Läden und Berufsverkehr. Auf dem Bürgersteig eilige Leute, die zur Arbeit gingen. Er atmete den Duft des Mädchens ein und musste dabei an Chloe denken. Hatte schon seit Wochen nicht mehr an sie gedacht. Bekam jetzt Zorn auf sich selbst, weil er an sie dachte, wurde zornig auf das Mädchen, weil sie die Gedanken an Chloe ausgelöst hatte.

»Was hast du denn?«, fragte sie.

Er schüttelte den Kopf, wagte keine Antwort, konnte seiner Stimme nicht trauen.

Sie drang nicht weiter in ihn. Stellte ihm keine weiteren Fragen und unternahm keinen Versuch mehr ein Gespräch in Gang zu bringen. Er schaute unablässig aus dem Fenster.

Der Bus hielt an der Barstow Highschool. Das Mädchen stand auf, hängte sich die Tasche über die Schulter. Stand da und schaute auf ihn herab, als würde sie auf etwas warten. Warten worauf?

»Hey«, sagte sie.

Er schaute auf und begegnete ihrem Blick, sah ihr in die Augen, die jetzt nicht mehr zornig funkelten wie an der Bushaltestelle, sondern weich waren, mit einem sanften Ausdruck.

»Ich finde das irgendwie nett.«

Was ist irgendwie nett?, fragte er sich verblüfft.

»Dass du dir über die Bäume Gedanken machst.«

Und damit war sie fort, stieg aus, ohne auf die Schreie und Pfiffe der kleinen Monster zu achten. Er lehnte sich zurück und wartete darauf, an seiner Schule, der Normal Prep, abgesetzt zu werden.

Normal Prep.

Das war die Kurzform für Norman Preparatory Academy, benannt nach Samuel J. Norman, einem verstorbenen Millionär aus Barstow, dessen ehemaliges Wohnhaus, eine dreistöckige Villa, jetzt als Verwaltungsgebäude der Schule diente. Die Schule war so verdammt normal, das mochte Denny an ihr. Und das hasste er an ihr. Beides gleichzeitig.

Die Schule sah fast schon *zu* normal aus. Im rechten Winkel zur Villa standen zwei Gebäude mit Klassenzimmern. Hellrote Ziegelsteine, von Efeu überwuchert. Zwei Stockwerke hoch. Der Rasen zwischen den Gebäuden war so perfekt gemäht, dass er wie Kunstrasen aussah. Es hätte jedoch niemand gewagt, darauf Football zu spielen oder ihn auch nur zu betreten.

Die Schüler, alles Jungen, trugen dunkelblaue Blazer und graue Hosen, die offizielle Schuluniform. Es war den Schülern gestattet, Hemden und Krawatten ihrer eigenen Wahl zu tragen, wobei in der offiziellen Schulsatzung jedoch darum gebeten wurde, dass diese »in Muster und Farbe geschmackvoll« sein sollten.

Dennys Vater war von der Norman Prep hell begeistert, obwohl er für das Schulgeld Überstunden in der Fabrik machen musste. Denny sollte die bestmögliche Ausbildung erhalten und auf der Norman gab es kleine Klassen und individuelle Betreuung.

Denny wollte jedoch keine individuelle Betreuung. Ganz im Gegenteil: Er wollte in der Masse verschwinden und überhaupt nicht auffallen. Während seiner ersten neun Tage an der Schule hatte er keine Freundschaften geschlossen, hatte es auch gar nicht versucht. Er war wie ein Schatten, glitt wie ein Gespenst durch die Flure und Klassenräume, ungesehen und unbehelligt. Im Unterricht versuchte er möglichst weit hinten zu sitzen. Er meldete sich niemals um freiwillig eine Antwort zu geben.

Während der Mittagspause saß er allein in der Cafeteria. Tatsächlich saßen noch andere an seinem Tisch, aber er aß schnell, sah dabei unverwandt auf seinen Teller hinunter und verdrückte sich so bald wie möglich. Hinter dem Schulgebäude lag der Sportplatz und er schlug den Weg dorthin ein, verfiel dabei in einen leichten Dauerlauf. Dann setzte er sich auf eine Bank in der Zuschauertribüne und schaute auf das leere Spielfeld hinunter.

Das Alleinsein gefiel ihm und gefiel ihm auch wieder nicht. Das galt für sein ganzes Leben. Immer hin und her gerissen. Zum Beispiel war er oft einsam und sehnte sich nach einem besten Freund und mehr noch nach einer Freundin. Die Norman Prep bot keine Gelegenheit eine Freundin kennen zu lernen. Er war sich nicht sicher, ob er wirklich eine Freundin wollte.

Er wollte nicht, dass hier das passierte, was an anderen Orten passiert war, vor allem in Bartlett an der Grenze zu Connecticut. Eine Zeit lang war es dort wunderbar gewesen. Keine Anrufe, keine Briefe und Zeitungsartikel. Er hatte in der Schule Basketball gespielt und keine Spiele für die Mannschaft gewonnen, aber auch keine vermasselt oder verloren. In einer Schulaufführung über die Amerikanische Revolution hatte er eine kleine Rolle gespielt, einen Freiwilligen mit einer Muskete. Sein Text bestand aus sechs Zeilen und er blieb kein einziges Mal stecken. Hatte einen besten Freund, Harvey Snyder, der ihn auf die Krimis von Ed McBain brachte und die Taten von Steve Carella und Meyer Meyer und den anderen. Über vierzig Bücher, die darauf warteten, von ihm gelesen zu werden.

Und vor allem war dort Chloe Epstein gewesen. Seine erste Freundin, jedenfalls so was in der Art. Er hatte sie auf seinem allerersten Schulball kennen gelernt. In der achten Klasse. Er trug die blauweiß gestreifte Krawatte seines Vaters, stand verlegen an der Wand, während der DJ die Platten auflegte. Damenwahl. Chloe durchquerte die große Turnhalle und forderte ihn auf. »Sag bloß nicht Nein – das wär eine solche Blamage für mich«, sagte sie.

Er hatte getanzt. Zuerst waren sie beide unbeholfen gewesen, stolperten herum, fanden dann in den Takt, den Rhythmus hinein. Sie roch von oben bis unten nach Pfefferminz. Ihre Wange berührte seine und er schmolz vor Zärtlichkeit nur so dahin. Danach unterhielten sie sich und am nächsten Tag unterhielten sie sich wieder, ach, über Gott und die Welt. Chloe war Jüdin, Denny Katholik. Er kannte bisher keine Juden und sie hatte noch mit keinem Katholiken richtig *geredet*. Sie sprachen über ihre Religion und staunten über die Ähnlichkeiten – Chanukka und Weihnachten, Bar-Mizwa und Kommunion, Pessach und Ostern.

Klein und dunkel und energisch, war sie wie ein Kolibri, hatte selbst noch im Stillstand sechzig Meilen in der Stunde drauf. Eifrig, redelustig, immer in Bewegung. Machen wir doch dies, machen wir doch das. Sie schrieben sich gegenseitig Zettel. Einen unterzeichnete sie: *In Liebe.* Das brachte, wie es auf einer der alten Schallplatten seines Vaters hieß, sein Herz zum Tanzen. Alles war wunderbar. Bis es passierte. Ach, Mist.

Er schüttelte diesen Gedanken ab, stand auf und ging zur Schule zurück. Diesmal ließ er sich Zeit, denn die nächste Stunde war für stilles Lernen vorgesehen und Mr. Armstrong nahm es mit der Anwesenheit nicht so genau.

An den Eingangsstufen wurde er von Jimmy Burke angehalten, einem der wenigen Schüler, die Denny mit Namen kannte. Jimmy war Schülervertreter der Oberstufe und hatte bei der Feier zum Schulbeginn die Begrüßungsrede gehalten. Wie er da auf der Bühne stand, hatte er einen sympathischen Eindruck gemacht, genau die richtige Kombination aus Selbstvertrauen und Bescheidenheit.

»Du bist Denny Colbert, stimmt's?«

Denny nickte und zuckte leicht zusammen. War er jetzt schon aufgeflogen?

»Pass auf, wir organisieren dieses Jahr einen neuen Schülerrat«, sagte Jimmy Burke. »Jede Klasse soll mit zwei Vertretern daran beteiligt sein. Hättest du Interesse?«

»Wieso ich?«, fragte Denny ehrlich verblüfft.

»Du bist neu hier. Und wir brauchen frisches Blut, neue Ideen.«

»Ich weiß nicht«, sagte Denny. Die klassische Hinhaltetaktik. Er wollte nicht in den Schülerrat der Norman Prep. Er wollte in Frieden gelassen werden. Das hätte er Jimmy Burke jetzt gern gesagt, tat es aber natürlich nicht.

Jimmy Burke trat etwas zurück, zeigte auf die Gebäude und sagte: »Sieht alles ganz normal aus auf der Normal Prep, richtig?« Mit einem betrübten Kopfschütteln fuhr er fort: »Falsch. Das ist eine tolle Schule. Keine Drogen, keine Waffen. Aber wir haben trotzdem unsere Probleme. Machtgierige Typen, die andere herumschubsen, Jüngeren Angst einjagen. Das passiert auch an anderen Schulen. Aber hier ist der Schaden größer. Wir sind eine kleine Schule, nur zweihundert Schüler. Dadurch wirkt sich so etwas schlimmer aus ...«

Von den Problemen, die Jimmy Burke ansprach, hatte Denny noch nichts bemerkt. Aber er hatte sowieso nicht viel wahrgenommen.

»Ich muss viel lernen«, sagte er, »damit ich den Anschluss bekomme. Ich glaube nicht, dass ich für den Schülerrat Zeit hätte.«

Jimmy Burke nickte nachdenklich. Dann legte er die Stirn in Falten und senkte die Augen. Aber gleich darauf blickte er wieder auf. Seine Augen waren wieder blank und strahlend, ein neuer Hoffnungsschimmer. »Hör mal, entscheide dich noch nicht gleich ... denk erst darüber nach ...«

Denny bewunderte Typen wie Jimmy Burke, die sich leidenschaftlich für ihre Sache einsetzten, sich mit einem Nein nicht abfanden.

»Okay«, sagte Denny und wusste schon, dass seine Antwort sich nicht ändern würde.

Später, auf der Heimfahrt im Bus, dachte er wieder über Krieg nach. Und über Frieden. In der Schule wollte er seine Ruhe haben, in Frieden gelassen werden. Aber zu Hause? Jetzt, wo die Anrufe wieder angefangen hatten?

Das Gegenteil von Frieden war Krieg. Vielleicht wollte er ja das – eine Schlacht mit dem, der einen Schatten auf seine Familie geworfen hatte. Aber, so fragte er sich, wie fängt man einen Krieg an?

Als er die Wohnung betrat, empfing ihn ein Telefonklingeln, das die nachmittägliche Stille in den Zimmern zerriss. Er zog die Tür hinter sich zu, legte seine Bücher ab, blieb im engen Flur stehen und wartete darauf, dass das Klingeln aufhörte. Fünf, sechs, sieben.

Mit einem Schulterzucken versuchte er wie immer das Geräusch zu ignorieren, indem er es als selbstverständlich hinnahm, wie ein Hintergrundgeräusch.

In der Küche goss er sich ein Glas Orangensaft ein, verschüttete ein bisschen davon auf den Fußboden, wischte es mit einem Papiertuch auf. Zwölf, dreizehn.

Er fischte ein paar Schokoladenkekse aus der Porzellandose, auf der *Kaffee* stand. Seine Mutter hatte seltsame Verfahrensweisen – vierzehn, fünfzehn – bei der Beschriftung. Ihre eigenen kleinen Geheimcodes.

Vielleicht sollte ich abnehmen.

Er kannte die Regel.

Mit dem Saftglas in der einen und dem Keks in der anderen Hand stand er da. Trank nicht, aß nicht.

Siebzehn, achtzehn.

Ihm fiel ein, wie er in der siebten Klasse einem Freund, Tommy Cantin, einmal gestanden hatte, dass er den Hörer nicht abnehmen durfte. Tommy hatte ihn so ungläubig angestarrt, als wäre er ein Wesen von einem anderen Stern. In Amerika geht doch jeder ans Telefon, hatte Tommy gesagt. *Ich nicht*, hatte er geantwortet. Aber er war jetzt sechzehn – das machte einen Unterschied.

Er ging ins Bad. Machte die Tür zu und drückte die Klospülung, sah dem wirbelnden Wasser zu, dessen Rauschen das Telefonklingeln übertönte. Diesen Trick hatte er auch schon früher angewandt.

Als er wieder aus dem Bad kam, fluchte er leise – »dieses verdammte Mistding« –, weil das Telefon immer noch klingelte. Er war mit dem Zählen nicht nachgekommen. Es musste jetzt schon das neunundzwanzigste oder dreißigste Klingeln sein. Immer noch laut, ein unheilvolles, bedrohliches Geräusch.

Im vergangenen Jahr lag der Rekord am Nachmittag bei achtzehnmal Klingeln. Absurd, das Ganze. Achtunddreißig? Neununddreißig?

Vielleicht ging es um einen Notfall.

Sein Vater war auf der Arbeit verletzt worden. Seine Mutter hatte einen Unfall gehabt.

Das Klingeln wurde jetzt drängend. Es füllte die Zimmer, füllte seine Ohren, vibrierte durch seinen ganzen Körper.

Er musste diesem verrückten Klingeln ein Ende bereiten.

Aber er kannte die Regel. Die Regel seines Vaters: *Geh nicht ans Telefon. Lass deine Mutter oder mich abnehmen. Wenn es für dich ist, gebe ich an dich weiter. Du gehst nicht ran, wenn du allein im Haus bist.*

Notfall hin oder her, diesem Klingeln musste er ein Ende bereiten.

Und mehr als das: Er wollte einen Krieg anfangen, etwas *tun*. Vielleicht konnte er jetzt damit beginnen.

Er riss den Hörer von der Gabel, war froh, dass das Klingeln unvermittelt abbrach, und erstaunt seinen Namen zu hören.

»Denny … Denny … bist du's?«

Er presste den Hörer ans Ohr.

»Hallo … hallo«, sagte die Stimme.

Er hörte zu, wusste nicht, was er sagen sollte.

»Wie geht's dir heute, Denny?«

Heute? Als hätten sie sich erst gestern unterhalten.

»Ich weiß, dass du da bist, Denny …«

Eine komische Stimme. Nicht wirklich komisch, sondern seltsam. Sie kam ihm fast vertraut vor, eine tiefe, rauchige Stimme – von einer Frau? Einem Mädchen? –, vertraulich, geheimnisvoll.

»Das wüsste ich wirklich gern, Denny: Wie geht's dir?«

»Gut«, sagte er, nur um zu antworten, um irgendetwas zu sagen, aber er war plötzlich heiser geworden.

»Super … das ist schön. Ich freue mich, dass es dir gut geht …«

Eindeutig die Stimme einer Frau. Keine alte Frau, aber auch kein Mädchen. Oder vielleicht doch ein Mädchen. Er war verwirrt. Es verwirrte ihn auch, dass die Stimme ihn zu verhöhnen schien, mit ihrem Tonfall andeutete, dass es ihm nicht gut ging, überhaupt nicht gut. Und jetzt, in diesem Augenblick, traf das natürlich auch zu.

Nachdem er sich geräuspert und kräftig geschluckt hatte, fragte er: »Wer sind Sie?« Das war barscher, als er es beabsichtigt hatte. »Ich meine – wer spricht da?«

»Jemand«, sagte sie. »Ein Freund vielleicht. Aber so gut kennen wir uns nicht, stimmt's?« Die Stimme klang jetzt heiter, als hätte sie etwas sehr Amüsantes gesagt. Und dann: »Bis jetzt noch nicht.«

Das *Bis jetzt noch nicht* hing in der Luft wie ein böses Vorzeichen, eine schwarze Krähe auf der Telefonleitung.

»Was meinen Sie mit *Bis jetzt noch nicht?*«, fragte er, stürzte sich auf diese Formulierung. Erst dann ging ihm auf, dass er dieses Gespräch nicht führen sollte und dass er im Grunde gar nicht wissen wollte, was sie meinte.

»Verzeihung«, sagte er. Wunderte sich darüber, dass er sich entschuldigte. »Ich muss jetzt auflegen.«

Er nahm den Hörer vom Ohr. Seine Hand bewegte sich im Zeitlupentempo, wie im Traum.

»Augenblick noch ... Ich –« Die Stimme wurde abgewürgt, als er den Hörer auflegte.

Mit feuchten Händen und wild pochendem Herzen ließ er sich einfach hängen, wurde ganz schlaff, so als wäre er nur knapp einem furchtbaren Schicksal entronnen, zum Beispiel von einer Klippe geweht zu werden.

Nur um irgendeine Bewegung zu machen, griff er nach seinem Saftglas. Aber er trank nicht, sondern stand nur da wie eine Statue im Park.

Er konnte es kaum glauben, dass er gegen die Regel seines Vaters verstoßen hatte.

Denny erinnerte sich noch an den Tag, an dem sein Vater diese Regel aufgestellt hatte. Das war lange her, so lange, dass er nur eine verschwommene Erinnerung daran hatte, aber jetzt überkam sie ihn mit neuer Klarheit: sein Vater, der in der Küche auf und ab lief; der Zorn in seinen Augen funkelte wie lauter kleine Blitze. Baute sich schließlich vor ihm auf, ein Riese, die Beine wie Baumstämme.

»Du gehst nie ... *niemals* ... wieder ans Telefon. Verstanden?«

Der Zorn seines Vaters hatte Denny Tränen in die Augen getrieben und ihm den Blick getrübt. Als gewaltige Schluchzer seinen Körper erschütterten, hatte sein Vater ihn in die Arme genommen und ihn ganz fest gedrückt. Der Zorn war verschwunden, alles war jetzt nur noch weich und sanft, gemurmelte Worte, so tröstend wie leise Musik. Dann war seine Mutter dazugekommen und während sie sich zu dritt in den Armen lagen und sich hin und her wiegten, hatte Denny sich plötzlich gut behütet und geliebt gefühlt, trotz des Anrufs und dieser schrecklichen Worte ...

Sieben Jahre alt. Zweite Klasse. Gerade von der Schule nach Hause gekommen. In der Wohnung war es still, eine Ruhe, die ihn erschreckte, so als hätte jemand an einem riesigen Fernseher den Ton abgedreht. Seine Schritte hallten auf dem Linoleum, als er die Zimmer absuchte und nach seiner Mutter rief.

Schließlich fand er sie im Bad. Schlaff und schweißnass kniete sie auf dem Boden vor dem Klobecken. Die Haare hingen ihr feucht in die Stirn, der Geruch von Erbrochenem lag in der Luft.

»Ach, Denny, mir ist so schlecht«, keuchte sie. Dann, als sie sein Entsetzen bemerkte, fügte sie hinzu: »Das ist nur so eine Vierundzwanzig-Stunden-Sache. Es dauert nicht lange, dann bin ich wieder auf dem Damm ...« Und danach wandte sie sich wieder der Kloschüssel zu und würgte.

Leise zog er die Tür ins Schloss. Er war ratlos, wusste nicht, was er tun sollte. Der bloße Gedanke an seinen üblichen Mittagsimbiss nach der Schule, ein Brot mit Erdnusscreme, widerte ihn an. Rastlos saß er im Wohnzimmer herum und widerstand der Versuchung, den Fernseher anzumachen oder auch nur ein Buch aufzuschlagen, denn er wollte sich nicht angenehm unterhalten, während seine Mutter sich im Bad übergab. Und da klingelte das Telefon. Er war unsicher, ob er abnehmen sollte. Seine Mutter oder sein Vater nahmen die Gespräche entgegen. »Lass einen von uns das machen«, sagte sein Vater immer.

Das Klingeln betonte die Einsamkeit der Wohnung. Ihm wurde bewusst, dass er kaum je allein zu Hause war. Seine Eltern waren immer da. Nie hatte er einen Babysitter gehabt, noch nicht mal als kleines Kind. Er zählte das Klingeln. Eins ... zwei ... drei ... Zappelte in seinem Sessel hin und her, das Telefon direkt neben sich. Und wenn es etwas Wichtiges war? Mal angenommen, sein Vater rief an? Er spitzte die Ohren. Hörte er da eine Sirene aus der Ferne?

Das Telefon klingelte immer weiter.

Er nahm ab.

»Hallo«, sagte er. Seine Stimme hallte hohl durchs Zimmer. Er hatte noch nie telefoniert.

»Wer spricht da?«, fragte eine Stimme in forderndem Tonfall, eine barsche Stimme, zornig. »Das ist nicht der Mörder. Wer spricht da? Wer ist am Apparat?«

»Ich«, sagte er. Hatte die Stimme *Mörder* gesagt?

»Wer bist du?« Voller Ungeduld, immer noch zornig.

»Ich, Denny.« Dann fügte er noch seinen Nachnamen hinzu: »Colbert.«

Eine Pause trat ein. Er sah sich um, mit schlechtem Gewissen, weil er abgenommen hatte, und wünschte sich, seine Mutter würde kommen und das Gespräch übernehmen.

»Ach, der Sohn des Mörders!«

»Sie sind falsch verbunden«, sagte er. Davon hatte er schon gehört, von falschen Verbindungen, von Leuten, die Fehler machten und sich verwählten. *Falsch verbunden*, hallte es weit entfernt aus der Vergangenheit wider. »Hier gibt es keinen Mörder.«

»Aber klar doch«, sagte die Stimme, mit einem Mal ganz sanft und gar nicht mehr zornig. »Dein Vater heißt doch John Paul Colbert, stimmt's?«

»Ja.« Selbst bei diesem einfachen Wort geriet er fast ins Stottern. Bei diesem einfachen Wort, das auf einmal so schwer auszusprechen war.

»Also, wenn John P. Colbert dein Vater ist und du behauptest sein Sohn zu sein, dann bist du der Sohn eines Mörders. Wie alt bist du?« Die Frage, bei der wieder der Zorn in die Stimme zurückkehrte, überrumpelte ihn. »Sieben«, sagte er. »Ich werd bald acht.«

»So ein Jammer«, sagte die Stimme. »So ein Jammer, mit sieben Jahren der Sohn eines Mörders zu sein.«

»Mein Vater ist kein Mörder«, sagte er, schrie es in die Sprechmuschel. »Mein Vater ist John Paul Colbert und er ist kein Mörder.«

36

Der Hörer wurde ihm aus der Hand gerissen. Als er sich umdrehte, sah er seine Mutter neben sich. Die fahle Blässe war verschwunden, ihr Gesicht war gerötet, die Augen funkelten. In den Augen flammte – was? Er wusste nicht was, hatte es noch nie in ihnen gesehen. Zorn, ja, und noch etwas anderes. Sie knallte den Hörer auf die Gabel. Holte tief Luft und fuhr herum.

»Tut mir Leid, Ma«, sagte er. Tränen stiegen ihm in die Augen und ließen alles ringsum verschwimmen, als wäre er unter Wasser.

»Pst«, sagte sie. Ihre Stimme klang komisch. »Ich bin nicht böse auf dich.« Sie drückte ihn an sich. Er tauchte in sie ein, sein Gesicht in ihrem Rock, ungeachtet des schrecklichen Gestanks nach Erbrochenem, der ihr immer noch anhaftete und ihr Parfüm überdeckte, den Duft von Blumen nach einem Sommerregen.

»Der Mann am Telefon. Er hat gesagt, dass Daddy ...« Er konnte das Wort nicht aussprechen, brachte es nicht über die Lippen.

Sie schob ihn von sich, schaute ihm tief in die Augen, mit ihren unergründlichen dunklen Augen, in der Farbe von schwarzen Oliven. »Dein Vater ist kein Mörder.«

»Warum hat der Mann es dann gesagt?«, fragte er. Überrascht von der Ratlosigkeit in ihrem Gesicht, ihren Augen, gab er sich selbst eine Antwort darauf. »War das ein Witz? Wollte er mich reinlegen?«

Sie lächelte, traurig, matt, ein flüchtiges Lächeln. »Es gibt merkwürdige Menschen auf der Welt, Denny. Verrückte. Und die tun Dinge, die schwer zu verstehen sind.«

Und plötzlich wurde ihr wieder schlecht, er sah es an ihrer Gesichtsfarbe. Es war, als hätte jemand einen Hahn aufgedreht und alles Blut aus ihrem Gesicht abfließen lassen. Und sie murmelte etwas Unverständliches und lief ins Bad. Von dort hörte er wieder ihr schreckliches Würgen.

Er hielt sich die Ohren zu, löschte die furchtbaren Geräusche aus. Und da hörte er, ganz schwach, wieder das Telefon klingeln. Er stürzte aus dem Wohnzimmer, rannte in sein Zimmer, schlug die Tür hinter sich zu, ließ sich auf alle viere nieder und kroch unters Bett, in die Dunkelheit, kuschelte sich zusammen, die Arme um die hochgezogenen Knie geschlungen, mit geschlossenen Augen, froh darüber, hier im Dunkeln zu sein, wo er weder das Telefon klingeln noch seine Mutter erbrechen hören konnte.

Als sein Vater von der Arbeit nach Hause kam, stellte er die Regel auf: Geh nie, *niemals* ans Telefon.

Jetzt, an einem Nachmittag im September, viele Jahre später, hatte er gegen diese Regel verstoßen. Der Himmel war nicht eingestürzt. Der Blitz hatte nicht eingeschlagen. Wieso hatte er eigentlich so lange gewartet?

Plötzlich wollte er unbedingt, dass das Telefon noch mal klingelte. Aber das war nicht der Fall.

Als er in der Nacht wach wurde, war er von ohrenbetäubender Stille umgeben. Wie gewöhnlich sah er auf seine Digitaluhr und stellte fest, dass sie 3:10 anzeigte, fast dieselbe Zeit, zu der in der gestrigen Nacht der Anruf gekommen war.

Im Haus war es still – und mehr als das: Alles war eingehüllt in das Fehlen jeglichen Geräuschs und das war so schwer wiegend, dass es schon selbst ein Geräusch zu sein schien.

Aber etwas hatte ihn geweckt.

Im Flur war jetzt ein Geräusch zu hören, das ihm vertraut in die Ohren klang: ein Schritt, eine ins Schloss fallende Tür, wieder ein Schritt. Natürlich, sein Vater.

Denny hatte sich nie davor gefürchtet, dass ein Einbrecher durch die Zimmer schleichen könnte, denn sein Vater spazierte oft nachts durch die Wohnung. Wenn Denny nachsah, fand er ihn manchmal, wie er im Dunkeln an einem Fenster saß oder im Wohnzimmer die alte Zeitung von gestern las oder mit abgestelltem Ton fernsah.

Jetzt fragte er sich, ob sein Vater in all diesen Nächten auf das Klingeln des Telefons gewartet hatte, wie auf ein Rendezvous. Ihm fiel ein Gedicht ein, das er in der Schule gelesen hatte, als sie den Ersten Weltkrieg durchnahmen:

Ich habe ein Rendezvous mit dem Tod
An einer umkämpften Barrikade …

War es ein solches Rendezvous, zu dem sein Vater eines Tages, eines Nachts gehen würde?

Übertreib nicht, hielt er sich selbst vor.

Er stieg aus dem Bett und blieb unsicher in der Dunkelheit stehen. Das Linoleum unter seinen bloßen Füßen fühlte sich kalt an. Er ging zur Tür, tastete sich im Dunkeln voran und schlich geräuschlos durch den Flur auf ein schwaches Licht im Wohnzimmer zu.

Sein Vater saß in seinem Sessel, las nicht und sah nicht fern, saß einfach nur da. Blickte ins Leere. Sein Gesichtsausdruck gab Denny Rätsel auf. Er suchte nach einem Wort um ihn zu beschreiben. Traurig? Mehr als das. Traurig und einsam. Ja, aber da war noch etwas anderes. Seinen Augen war anzusehen, dass er in Gedanken oder Erinnerungen versunken war. Verzagt – das war es, ein Wort, das plötzlich auftauchte, vielleicht aus einem Buch, das er gelesen hatte. Saß da, verzagt und verlassen, mitten in der Nacht. Aber sein Vater und seine Mutter und er lebten auch dann mitten in der Nacht, wenn die Sonne schien.

Er wusste, dass sich die vielen Nächte, die sein Vater wach geblieben war, beim besten Willen nicht zählen ließen. Er hatte dagesessen und auf den Anruf gewartet und war dann ans Telefon gegangen. Zorn flammte in ihm auf. Sein Vater sollte sich wehren. Das Telefon an die Wand knallen. Den Anrufer, wer es auch sein mochte, laut anschreien. Etwas *tun*. Doch stattdessen wartete sein Vater nur. Still und unterwürfig.

Eine Zeit lang stand Denny da, dann ging er schließlich in sein Zimmer zurück, durch die langen Schatten, und fragte sich dabei, woran sein Vater dachte, wenn er so dasaß, mitten in der Nacht.

Was schreibst du da?
Das ist Lulu, die plötzlich aus dem Nichts auftaucht.
Ich zögere, decke die Seite mit der Hand zu, weiß dabei aber, dass ich sie nicht anlügen kann.
Willst du's mir nicht sagen?
Über das Globe, sage ich. *Was dort passiert ist.*
Ach.
Tut mir Leid, sage ich. Meine arme Lulu.
Sie geht. Die Verachtung, die sie hinter sich zurücklässt, liegt wie eine dunkle Wolke über dem Zimmer.

Auch nach all der langen Zeit träume ich noch davon, wie sie mich aus den Trümmern anstarrte. Kein richtiges Starren, denn ihre Augen konnten nichts sehen. Diese leeren Augen, die in ihrem Gesicht erstarrt waren, und der Blutfleck quer über ihrer Wange.
Alles Übrige von ihr war unter den Trümmern begraben; nur der Rand der weißen Spitze um ihren Hals war zu sehen. Schutt bedeckte ihren Körper und ich hatte das Gefühl, dass ich schrie, wusste das aber nicht sicher, denn alles war still, eine gewaltige Stille, die mich umgab, während ich voller Entsetzen auf sie herabsah.
Dann eine Explosion von Lärm: Schreie und Rufe und jemand brüllte mir etwas ins Ohr, Hände zogen und zerrten an mir, rissen mich fort.

Ich musste niesen, einmal, zweimal, dreimal, grässlich, aus dem Schutt stieg Staub auf, Staubwolken ließen kein Licht mehr durch. Mein blödes Niesen und meine Nase lief.

Meine Schwester, rief ich. *Sie ist da drinnen eingeklemmt.*

Eine Stimme an meinem Ohr: *Komm schon, Junge, komm.*

Meine Schwester. Sie ist vielleicht tot.

Ich weiß, ich weiß, aber komm jetzt, es könnte auch noch der Rest der Galerie einstürzen. Komm.

Draußen klarer Himmel, Gesichter, heulende Sirenen, rote Feuerwehrautos, weiße Krankenwagen, alles rannte und stolperte, knallige, grelle Farben, die mir schmerzhaft in die Augen stachen, und ich machte sie zu und jemand hob mich hoch und wiegte mich in den Armen und ich roch Rauch und Schweiß und hörte Stimmen:

Seine Schwester ist tot.

Ich weiß.

Kein Puls, nichts.

Mit einem Ächzen machte ich die Augen auf, sah andere Augen, die mitleidig auf mich herabblickten. Aber ich wollte kein Mitleid, ich wollte meine Schwester wiederhaben. Meine Schwester sollte nicht tot sein. Und dabei wusste ich doch, dass es zu spät war, selbst zum Beten.

Mit ihrem Weinen und Jammern und dem, was Tante Mary als »Totenklage« bezeichnete, füllten die Denehans aus dem Obergeschoss das Haus. Es war, als betrauerten selbst die Wände und Decken die Toten. Drei der Denehans dahingerafft – Eileen und Billy und Kevin – und Mickey lag mit einem Beckenbruch, Quetschungen und Hautabschürfungen im Krankenhaus.

Obwohl sie Tote in der eigenen Familie zu beklagen hatte, kam Mrs. Denehan herunter, die scharfen Falten in ihrem Gesicht wie eingekerbte Wunden, blutlos und tief.

Tante Mary und Mrs. Denehan lagen sich in den Armen und weinten zusammen, während ich durch die Zimmer lief und nicht wusste, was ich tun, wo ich hingehen sollte. Ich konnte weder sitzen noch liegen, weder essen noch trinken. Immer nur Streifzüge durch die Zimmer, auf der Suche nach etwas, von dem ich nicht wusste, was es war. Ich fürchtete mich davor, die Augen zu schließen, denn ich wusste, was dann geschah: Ich sah Lulus Augen, die offen waren und starr und nichts sahen.

Das Telefon klingelte, schnitt durch das Wehklagen hindurch. Tante Mary griff nach dem Hörer, wobei sie mit dem anderen Arm immer noch Mrs. Denehan umfasst hielt. Mrs. Denehans Gesicht war wie eine Wunde, nichts als Schmerz.

Tante Mary lauschte in den Hörer und dabei veränderte sich ihr Gesicht, in ihren Augen flammte plötzlich Freude auf, der Mund stand vor Staunen offen. Sie drückte den Hörer an ihre magere Brust und verkündete: *Sie lebt. Unsere Lulu lebt ... im Krankenhaus ... sie ist nicht tot ...*

Im Krankenhauszimmer, alles weiß, Wände und Decken ebenso wie der Gips, der Lulus Körper wie eine Rüstung umgab, und der Verband um ihren Kopf, wie ein Helm. Ihre Augen, dunkle Inseln in all diesem Weiß, blickten uns wie aus weiter Ferne an.

Tante Mary stürzte zu ihr hin und ich drückte mich an der Tür herum. Lulu lag steif auf dem Bett, streckte nicht die Arme nach Tante Mary aus. Vielleicht konnte sie das nicht.

Du lebst, jubelte Tante Mary, *unsere Gebete wurden erhört, ein Wunder ist geschehen.*

Es war kein Wunder, sagte Lulu.

Von den Toten wiedergekehrt, sagte Tante Mary und schüttelte staunend den Kopf.

Ich war nicht tot, sagte Lulu, die Stimme scharf und bitter.

Na, ist ja auch egal, jetzt bist du wieder da, bist zu uns zurückgekehrt, sagte Tante Mary.

Ich bin nicht zurückgekehrt, sagte Lulu und ihre Augen funkelten vor Zorn. *Ich war nicht weg. Ich bin hier. Und da bin ich immer gewesen.*

Schließlich trat ich zu ihr ans Bett und blickte auf sie hinunter. Sie machte die Augen zu und ihr Gesicht verschloss sich, sperrte uns aus.

Später sprach der Arzt mit uns, in einem kleinen Büro am Ende des Ganges. Ein alter Arzt, mit blutunterlaufenen Augen und wirren Haaren. Der weiße Kittel war verschmutzt, er roch nach Feuer und Rauch.

Sie Ärmster, murmelte Tante Mary. *Ständig im Einsatz, diesen ganzen, schrecklichen Tag lang.*

Ich hatte ihn gesehen, wie er zwischen den Verletzten draußen vor dem Kino umherging, das herabbaumelnde Stethoskop, seine knorrigen Hände, die tasteten, trösteten, über wundes Fleisch strichen.

Er seufzte, war erschöpft, der Körper sackte im Stuhl vornüber. Und dann: *Lassen Sie mich noch etwas zu Lulu sagen. Eine erstaunliche Rettung.*

Ein Wunder, sagte Tante Mary. *Unsere Gebete wurden erhört.*

Es gibt Dinge, die sich nur schwer erklären lassen, sagte er und fuhr sich mit seinen alten Händen über das verhärmte Gesicht. *Ich bin so müde, so müde. Aber jedenfalls, wir dachten schon, wir hätten sie verloren, aber sie hat sich wieder berappelt.*

War ihr Herz stehen geblieben?, fragte ich und hörte meine eigene Stimme, als hätte ein anderer gesprochen.

Es war ein langer Tag, sagte er und seufzte wieder. Dann schlug er einen energischen Tonfall an: *Lassen Sie uns jetzt über ihre Verletzungen reden und über ihre Aussichten wieder gesund zu werden.* Und er sprach von den Brüchen und der Gehirnerschütterung und der monatelangen Therapie und Rehabilitation, die vor ihr lagen.

Er sagte nichts davon, dass ihr Herz stehen geblieben war.
Aber er widersprach auch nicht.

Danach sagte ich zu Lulu: *Sag mir, was war.*
Nichts war, sagte sie.
Als die Galerie herunterkam, erzählte ich ihr, *hab ich den Kopf eingezogen. Und dann fand ich mich auf dem Fußboden wieder, mit einem Kinostuhl über mir. Dann musste ich niesen, ein ganz blöder Niesanfall. Woran erinnerst du dich noch?*
An nichts, sagte sie.
Aber ihre Augen sagten etwas anderes. Ihre funkelnden schwarzen Augen blickten weg und Lulu hatte nie zu denen gehört, die den Blick abwandten. Schon gar nicht von mir.
Hast du etwas gespürt, Lulu?
Nein.
Weißt du denn gar nichts mehr?
Du wiederholst dich, sagte sie. Und dann: *Ich ... erinnere ... mich ... an ... nichts.* Mit betonten Abständen zwischen den Wörtern. *Was soll ich sonst noch sagen?*
Warum bist du so wütend?
Sie gab keine Antwort, aber ihr Zorn war wie die Hitze, die von einem Ofen ausgeht.
Ich wusste, was ich von ihr hören wollte. Ich wollte, dass sie mir erzählte, wie es war, als ihr Herz zu schlagen aufhörte, als ihr Blut nicht mehr floss, der Puls in ihren Schläfen völlig verstummt war.
Was sie gesehen hatte, was sie gefühlt hatte, wie Sterben war.
Schließlich sah sie mir geradewegs in die Augen.
Ich bin nicht Lazarus, sagte sie.

Sehr viel später besuchte ich sie im Rehabilitationszentrum und fand sie in einem Sessel sitzend vor. Der Kopfverband war abgenommen

worden und sie trug ein geblümtes Kleid, das Tante Mary ihr gekauft
hatte. Das weiße Krankenhaushemd lag jetzt endlich im Schrank.
Als ich hereinkam, betrachtete sie gerade eine zusammengefaltete
Zeitung, die auf ihrem Schoß lag. Sie sah auf und ihr Gesicht spie-
gelte einen Ausdruck wider, den ich bei ihr noch nie gesehen hatte.
Die Gedanken schwirrten mir durch den Kopf, während ich darüber
nachdachte, wie sich dieser Ausdruck benennen ließ. Der Zorn war
immer noch da, aber es war noch mehr als das. In ihrem Gesicht und
in den Augen lag etwas Ruhiges und Kaltes, das aber auch etwas
Tödliches hatte.
Er kommt ungeschoren davon, sagte sie.
Wer?
Der Junge, der das Feuer verursacht hat. Der das alles verursacht hat.
Sie hielt mir die Zeitung hin und ich sah das Bild des Jungen und
dazu die Überschrift:

TRAGISCHER UNFALL – PLATZANWEISER SCHULDLOS

Der Junge, sagte sie, *der ...*
Sie wandte den Blick von mir ab und sah zum Fenster hinaus, als
suchte sie draußen nach etwas, was niemand sonst sehen konnte. Ich
sah die Bewegung ihrer Lippen, als sie den Satz zu Ende sprach, mit
so leiser Stimme, dass ich die Worte nicht verstehen konnte. Dann
drehte sie sich wieder zu mir. In ihren Augen lag ein furchtbarer
Ausdruck. *Der Junge, der mich getötet hat,* sagte sie.
Und gab damit – endlich – zu, dass sie doch Lazarus war, auferstanden
von den Toten.

ZWEITER
TEIL

Und daran dachte Dennys Vater, John Paul Colbert, wenn er mitten in der Nacht dasaß: Wie sich sein ganzes Leben schlagartig verändert hatte, als er sechzehn Jahre alt war und in der Innenstadt von Wickburg, Massachusetts, Assistent des Geschäftsführers und oberster Platzanweiser im *Globe Theater* wurde. Sein Job war nicht so großartig, wie er sich anhörte. Das *Globe* hatte seinen Glanz verloren. Es war ein Überbleibsel aus den goldenen Zeiten von Hollywood, als reich geschmückte Filmtheater mit Samtvorhängen und Kronleuchtern aus Kristall aufwarteten und flotte Platzanweiser in Militäruniformen die Leute zu ihren Plätzen brachten. Das waren die Zeiten der Doppelvorstellungen (zwei Filme zum Preis von einem), von zwölfteiligen Cowboy-Serien in der Samstags-Matinee und von *Milk Duds* zu fünf Cent die Schachtel. Das waren noch Zeiten gewesen!

So beschrieb jedenfalls Mr. Zarbor diese Vergangenheit. Das *Globe* gehörte Mr. Zarbor und er erzählte John Paul gern von früher, aus der Zeit, bevor das Fernsehen kam und den Leuten die Filme kostenlos ins Haus lieferte.

Das Allerschlimmste jedoch, sagte er, waren die Einkaufszentren, in denen es später auch »Kinos« gab – ein Wort, das Mr. Zarbor verabscheute. »Kino Eins und Zwei«, klagte er. »Aus Beton gebaut. Keine Samtvorhänge – überhaupt kein Vorhang!«

Das *Globe* zeigte ausländische Filme, die nie in die Kinos der Einkaufszentren kamen, und bot der Innenstadt von Wickburg einen Ort für spezielle Veranstaltungen wie die alljährliche Weihnachtsaufführung, bei der Jung und Alt mit der *Nussknacker-Suite* erfreut wurden, und für Auftritte von Bigbands. Außerdem liebte Mr. Zarbor Varieté-Darbietungen – Zauberer, Stepptänzer, Jongleure und Akrobaten. Die große »Monster-Zauber-Vorstellung« zu Halloween, eine Veranstaltung für die Kinder der Stadt, vor allem für Waisen und Heimkinder, war sein ganzer Stolz. Der offizielle Geldgeber dafür waren zwar die Rotarier von Wickburg, aber John Paul wusste von seinem Vater, dass Mr. Zarbor die meisten Darbietungen aus eigener Tasche bezahlte.

John Paul arbeitete an den Wochenenden und an zwei, drei Abenden in der Woche im *Globe*, je nachdem, wie die Geschäfte gingen. Er saß an der Kasse und verkaufte Eintrittskarten, fegte den Boden, machte Botengänge. Mr. Zarbor war ein guter Chef, der John Paul und seiner Familie viel Verständnis entgegenbrachte. Sie waren vor ein paar Jahren aus Kanada in die Vereinigten Staaten gekommen um dort ein neues Leben zu beginnen. Mr. Zarbor war ein Einwanderer, dessen Familie eine Generation zuvor aus Ungarn geflohen war. Damals war er sechzehn Jahre alt gewesen, genauso alt wie John Paul jetzt. »Du erinnerst mich an mich selbst«, pflegte Mr. Zarbor zu sagen.

In den USA wachte John Paul jeden Tag voller Erwartung auf. Seine Eltern waren begierig darauf gewesen, aus dem kleinen Ort nördlich von Montreal in der Provinz Quebec wegzukommen. Für seinen Vater, einen ungeduldigen Mann mit schnellem Redefluss, stand es fest, dass die Französisch sprechenden Teile der Bevölkerung in Quebec von der kanadischen Regierung als Bürger zweiter Klasse behandelt wurden. Er und John Pauls Mutter steckten ihre Ersparnisse in die Ausbildung ihres Sohnes. Sie schickten ihn in eine Privatschule in Montreal, in der sich der Unterricht auf die englische Sprache und die Kultur und Geschichte der USA konzentrierte. Als seine Eltern mit ihm nach Süden zogen, war John Paul gut vorbereitet, auch wenn er gewisse Zweifel hegte. Wegen der Sprache zum Beispiel. Er hatte keinen starken Akzent, aber sein Englisch war steif und förmlich, weil er es aus Büchern gelernt hatte, die Schriftsprache, nicht die gesprochene Umgangssprache.

Unter den vielen hundert anderen Schülern in der Wickburg Regional Highschool fiel er jedoch nicht weiter auf und er war froh, in der Masse untertauchen zu können, während er sich an sein neues Leben anpasste.

Seine Eltern lebten sich schnell in Wickburg ein. Sein Vater fand sofort eine Stelle als Koch in einem französischen Restaurant in der Innenstadt und träumte davon, eines Tages ein eigenes Restaurant zu eröffnen. Seine Mutter war ehrenamtlich für die St.-Therese-Kirche tätig. Sie verkaufte Karten für die Partys am Freitagabend und besuchte die Kranken und Bettlägrigen.

Das Restaurant, in dem John Pauls Vater arbeitete, lag neben dem *Globe Theater*. Er war mit Mr. Zarbor gut bekannt – sie liebten beide ausländische Filme, vor allem französische und italienische –, und das führte dazu, dass John Paul im Filmtheater eingestellt wurde.

Das Leben, fand John Paul, war gut zu ihm. Was die Sprache anbetraf, so würde er lernen müssen die Umgangssprache zu beherrschen. Das war die größte Schwierigkeit für ihn. Mr. Burns, sein Englischlehrer, sagte: »Dein Wortschatz ist ausgezeichnet, aber du musst lernen, nicht so überkorrekt zu sein und *er kommt bald* und *was gibt's?* und *ich hab's* zu sagen. Anstatt *er wird bald kommen* und *was gibt es?* oder *ich habe es*.«

»Ich will es versuchen«, sagte John Paul.

»Nein – *ich will's versuchen*«, sagte sein Lehrer freundlich, aber bestimmt. »Sonst hörst du dich nie wie ein echter amerikanischer Jugendlicher an.«

»Okay«, sagte John Paul. *Okay* – ein praktisches amerikanisches Wort, mit dem man immer richtig lag.

In diesem Jahr begannen die Vorbereitungen für die Zaubervorstellung schon früh. Es sollte »Martini der große Magier« auftreten, ein Zauberer, der oft im Kinderprogramm des Fernsehens zu sehen war. Zu seinen Kunststücken gehörte, dass er eine Frau nicht nur in zwei Hälften, sondern sogar in fünf verschiedene Teile zersägte, außerdem konnte er Leute plötzlich verschwinden lassen und vollführte seltsame Rituale mit Geistern und Kobolden.

Für seinen Auftritt waren hinter der Bühne spezielle Konstruktionen erforderlich. Dabei lernte John Paul zu seiner großen Enttäuschung, dass Martinis Kunststücke nichts mit Zauberei zu tun hatten. Alles war nur mechanisch und nicht magisch. Es war, als hätte man gerade entdeckt, dass es keinen Weihnachtsmann gibt – ein wunderbarer Augenblick der Erkenntnis, gefolgt von der tristen Wahrheit, die einen einsam und verlassen zurückließ. Als Martini aufkreuzte, erwies er sich als ein pingeliger, fordernder Mann, dessen wirklicher Name höchst unromantisch und gewöhnlich war: Oscar Jones.

Zur Vorbereitung des großen Tages ging John Paul mit dem Staubsauger über den verblichenen Teppich in den Gängen, gab sich alle Mühe, die Kaugummireste vom Zementboden unter den Sitzen zu kratzen, und tat sein Bestes, um die Sitze zu reparieren, die sich nicht richtig herunterklappen ließen. Mr. Zarbor zahlte ihm fünfzig Prozent Zuschlag für die Überstunden und spendierte ihm nach getaner Arbeit Eisbecher und Eis-Sodas.

»Was wird mit der Galerie?«, fragte John Paul. Er hatte gehört, dass die Galerie, die seit vielen Jahren für das Publikum geschlossen war, für Martini vielleicht wieder in Betrieb genommen würde, weil mehr Leute als sonst erwartet wurden.

Sie schauten beide zu der voll gestellten, wenig einladenden Galerie hinauf, die schon seit langem als Lagerraum benutzt wurde.

Mr. Zarbor stieß einen gewaltigen Seufzer aus. »Vergiss die Galerie«, sagte er. »Man würde eine ganze Armee benötigen um all diesen

Kram wegzuschaffen. Wenn's nötig wird, können wir ja eine zusätzliche Vorstellung organisieren ...«

»Okay«, gab John Paul fröhlich zurück. Von sich aus ging er nie auf die Galerie und mied sie, so weit ihm das möglich war. Wenn er hinaufgeschickt wurde, hörte er in dem Gerümpel oft Ratten umherhuschen und ein sonderbares Knacken. Dann schaute er sich nervös um, in der Erwartung ... er wusste selbst nicht, was er erwartete. Wir sollten die Galerie leer räumen, dachte er. Aber er sagte Mr. Zarbor nichts davon. Zu viel Arbeit, diesen ganzen Schrott wegzuschaffen.

Am Tag der großen Zaubervorstellung wurde John Paul früh wach. Er war froh, dass Halloween dieses Jahr auf einen Samstag fiel. Das verlieh dem Ereignis noch eine besondere Note. Er freute sich schon darauf, die Vorstellung durch die unschuldigen Augen der Kinder zu sehen, weil er hoffte, dass dadurch etwas von dem Zauber zurückkehren würde, der verschwunden war, seit er einen Blick hinter die Kulissen geworfen hatte.

Ein kräftiger, pfeifender Wind trieb ihn am frühen Nachmittag auf dem Weg zum *Globe* voran, wehte Blätter von den Bäumen und verursachte ein Schneegestöber aus bunten Farben. Tief hängende Wolken waren schwer gefüllt mit Regen, der wahrscheinlich später herunterkommen würde. Genau das richtige Wetter für Halloween und eine geheimnisvolle Zaubervorstellung.

Als er am Theater ankam, unterhielt sich Mr. Zarbor gerade mit den sechs Jugendlichen, die er als Aushilfen für diesen Nachmittag eingestellt hatte. Obwohl sie alle auf die Wickburg Regional Highschool gingen, kannte John Paul niemanden davon, noch nicht mal vom Sehen. Vier Jungen und zwei Mädchen. Ein zierliches blondes Mädchen, der die Haare bis über die Schultern hingen, fesselte seinen Blick. Er spürte einen Stich, der sein Herz durchbohrte. Immer zog es ihn zu völlig unmöglichen Lieben hin, die unerreichbar für ihn waren: Filmschauspielerinnen, Cheerleader bei Footballspielen, bildhübsche Mädchen, die auf der Straße an ihm vorbeigingen.

»Ah, da bist du ja«, sagte Mr. Zarbor, als er John Paul entdeckte. Dann wandte er sich den Schülern zu. »Das ist euer Boss. Er hat heute Nachmittag das Kommando. John Paul Colbert.«

Mit knallrotem Kopf stand John Paul vor seinem kleinen Publikum. Er vermied es, die schöne Blonde anzusehen, weil er befürchtete, er könnte dann überhaupt keinen Ton mehr hervorbringen. Die vier Jungen waren alle groß und schlaksig, vermutlich Basketballer. Das andere Mädchen war klein und dunkelhaarig und wirkte aufgeregt. Sie räusperte sich und fasste sich mit ihren kleinen Händen an die Wangen, die Nase, in die Haare.

Mr. Zarbor hatte die Anweisungen mit ihm geübt. Zum Glück war die Zuordnung der Aufgaben höchst einfach.

Er holte tief Luft und sagte den vier Jungen, dass sie für allgemeine Aufgaben eingeteilt waren: die Kinder beaufsichtigen, ihnen bei der Suche nach einem Platz behilflich sein (manche waren erst fünf oder sechs Jahre alt), ältere Unruhestifter im Auge behalten.

Er wandte sich den Mädchen zu und stellte niedergeschmettert fest, dass die Schöne ein Gähnen unterdrückte. Das andere Mädchen starrte ihn mit gefurchter Stirn unverwandt an. Er konzentrierte sich auf sie. Die Mädchen waren vor Beginn der Vorstellung für den Kiosk mit den Süßigkeiten zuständig. Süßigkeiten und Popcorn gab es umsonst, aber die Kinder brauchten Gutscheine dafür. Später sollten die Mädchen zusammen mit den Jungen die Gänge auf und ab gehen, sich vergewissern, dass im Publikum alle heil und gesund waren, und nach Kindern Ausschau halten, denen womöglich schlecht geworden war. Wer konnte vorhersehen, was passieren würde?

Die Jungen stellten ein paar einfache Fragen. Er antwortete in knappen Worten.

Zehn Minuten später, fünfundvierzig Minuten vor Beginn der Vorstellung, trafen die Kinder in sechs großen, orangefarbenen Bussen ein. Sie marschierten in so geordneten Reihen in das *Globe*, als nähmen sie an einer Parade teil. Die Jungen hatten Krawatten um und waren ordentlich gekämmt. Die Mädchen trugen Kleider. In der Hauptsache jüngere Kinder, die ältesten elf oder zwölf. Alle waren bemüht ihre Aufregung zu unterdrücken, aber plötzlich brachen sie aus den Reihen aus und johlten und schrien aus purer Freude.

»Zuerst drehen sie immer durch, aber nach einer Weile kommen sie wieder zur Ruhe«, hatte Mr. Zarbor ihm gesagt.

Die zur Aushilfe eingestellten Jungen taten ihr Möglichstes, um die Kinder auf ihre Plätze zu führen und so einigermaßen für Ordnung zu sorgen. Aber mit Ordnung war nichts zu machen. Die Kinder liefen kreuz und quer herum, stürmten zu den vorderen Reihen, kletterten über Sitze, hielten Freunden Plätze frei und schubsten und drängelten – ein fröhliches, quirliges Durcheinander. Die beiden Highschool-Mädchen arbeiteten wie die Wahnsinnigen, weil die Kinder den Kiosk in der Eingangshalle stürmten.

John Paul war überall zugleich. Beantwortete Fragen, beschrieb den Weg zu den Toiletten. Wurde zum Kiosk gerufen um zu schlichten: Einige Kinder hatten keine Gutscheine erhalten oder hatten sie zu Hause vergessen, andere hatten fünf oder sechs davon. Die Vorschrift hatte gelautet: zwei Gutscheine pro Kind, nicht beide gleichzeitig einlösen. Die Mädchen sahen ihn verzweifelt an.

»Nur noch eine Viertelstunde«, tröstete er sie. Die Lichter gingen an und aus, blinkten einmal, zweimal, dreimal. Er hatte sich geirrt.

»Zehn Minuten noch«, teilte er den Mädchen mit.

Mr. Zarbor hatte zehn Minuten eingerechnet, bis die Kinder zur Ruhe kommen würden. Und das machten sie auch, gingen schnell auf ihre Plätze und sprachen im Flüsterton, wobei ein paar allerdings nicht der Versuchung widerstehen konnten, Popcorn durch die Gegend zu schmeißen.

»Das war immer schon ein Fehler, dieses Popcorn«, sagte Mr. Zarbor zu John Paul, während sie in der Nähe der Bühne Aufstellung bezogen. »Eine riesige Aufräumarbeit. Aber was wäre eine Vorstellung ohne Popcorn?«

Mit einem Blick auf seine Armbanduhr sagte Mr. Zarbor: »Noch fünf Minuten. Dann kommt der große Knall ...«

John Paul wusste, was Mr. Zarbor meinte. Martini der große Magier war sehr stolz auf seine dramatischen Auftritte. Als Erstes ein lauter Donnerschlag, wie von einer Explosion, der, wie er sagte, unweigerlich für eine erschrockene Stille sorgte. Dann vollständige Verdunkelung. So finster, dass das Publikum nichts davon sah, wie der Vorhang lautlos aufging. Dann ein kleines, schwaches Licht auf der Bühne, gefolgt von einem zweiten. Und noch einem. Lichter in der Größe von Stecknadelköpfen, wie kleine Sterne, die am dunklen Himmel funkelten. Und schließlich würde Martini auf der Bühne erscheinen, als schwebte er in der Dunkelheit in der Luft. Und dann würde die Vorstellung beginnen.

Ein paar Minuten vor Beginn einer Bühnenvorstellung gibt es einen geheimnisvollen, magischen Augenblick, als wäre ein lautloses Signal ausgesandt worden. John Paul hatte das schon einige Male beobachtet. Und so geschah es auch jetzt. Im Theater wurde es still, eine gespenstische Stille. Es gab keine Uhr im *Globe* und die meisten Kinder hatten keine Armbanduhr, aber sie spürten, dass es gleich losgehen würde. Schlagartig trat Ruhe ein, so als hätten alle Kinder tief Luft geholt und hielten jetzt den Atem an.

Die Stille hatte John Paul so beeindruckt, dass er erschrocken zusammenfuhr, als Mr. Zarbor ihn am Arm berührte.

»Was war das?«, fragte Mr. Zarbor, seine Stimme ein leises Wispern in der Stille.

John Paul runzelte die Stirn. Meinte er das plötzliche Fehlen jeglichen Geräuschs? Nein, etwas anderes.

»Hör mal.«

Jetzt hörte John Paul tatsächlich etwas. Aber was? Ein langsames Knarren. Aus unerfindlichen Gründen musste er an ein Schiff denken, das sich von seiner Vertäuung losreißt und dessen Deck gespenstisch knarrt. Dabei hatte er ein solches Geräusch noch nie gehört – außer vielleicht in einem Film.

Wieder dieses Geräusch. Lauter diesmal.

Zwischen ihm und Mr. Zarbor gingen ratlose Blicke hin und her.

Das Geräusch – diesmal wie das eines riesigen Nagels, der aus einem Brett gezogen wird. Es war verrückt, aber so hörte sich das für ihn an. Ein Knarren und Reißen. Oben auf der Galerie.

John Paul schaute hoch und Mr. Zarbor tat es ihm gleich. John Paul nahm an, dass sich vielleicht ein paar Kinder dort hinaufgeschlichen hatten und jetzt in all dem Gerümpel und Müll Unfug trieben.

»Sieh lieber mal nach«, sagte Mr. Zarbor.

Dunkel dort oben, wie gewöhnlich. »Ich habe meine Taschenlampe nicht dabei«, sagte John Paul.

»Hier.« Mr. Zarbor reichte ihm ein Päckchen Streichhölzer.

Widerstrebend machte sich John Paul durch den Mittelgang auf den Weg zur Eingangshalle und stieg dann die mit verschmutzten Teppichen ausgelegte Treppe zur Galerie hinauf. Der riesige Kronleuchter, der von der Decke hing, spendete kein Licht: Die Glühbirnen waren schon lange ausgebrannt. Durch das Halbdunkel musterte er die Ansammlung von Schrott. Alte Zeitungen, Kartons, stapelweise Stoffreste, alte, zusammengerollte Plakate. Niemand zu sehen. Das seltsame Knarren direkt unter seinen Füßen erschreckte ihn. Viel lauter als zuvor.

Und dann: die Explosion auf der Bühne, als die Vorstellung begann. Der Knall dröhnte durch die Luft, donnerte gegen die Wände, hallte von der Decke des hohen Raums wider. Kinder, die vor Entzücken aufschrien oder nach Luft schnappten. Dann Dunkelheit. Und Stille.

John Paul zwinkerte: Diese vollständige Finsternis war, als wäre man plötzlich erblindet.

Eine Bewegung unter seinen Füßen, als stünde er auf einem Schiff, das im Begriff war von der Anlegestelle loszufahren.

Er strich ein Streichholz an, schaffte es nicht beim ersten Mal, versuchte es wieder. Die Flamme schuf eine kleine, helle Höhle in der Dunkelheit. Plötzlich loderte das ganze Päckchen auf, weil er mit dem brennenden Streichholz zu nahe an die anderen herangekommen war. Ein sengender Schmerz auf der Handfläche. Er ließ die Streichhölzer fallen, sah zu, wie das Päckchen in Richtung Tür aufflammte, und bemerkte mit Entsetzen, dass ein Streifen Krepppapier Feuer fing. Das Krepppapier hing über einer Pappschachtel.

Er versuchte die Flamme auszutreten, verlor aber das Gleichgewicht, weil plötzlich der Boden unter seinen Füßen schwankte.

»Feuer!«, schrie jemand von der Bühne her. Jemand, der die Flammen sah und wusste, dass sie nicht zur Eröffnung der Vorstellung gehörten. Der Boden wankte wieder, diesmal ganz eindeutig. Ihm kam ein völlig unmöglicher Gedanke in den Sinn: *Erdbeben.*

»Feuer!« Die Stimme schrie jetzt voller Angst.

Das Publikum reagierte nicht. Und die ganze Zeit über breiteten sich die Flammen aus, zu einem Stapel Zeitungen und einem weiteren Pappkarton hin. Rauch stieg auf, wälzte sich zwischen den Sitzplätzen vorwärts.

»Feuer!« Diesmal konnte es keinen Zweifel mehr geben. Das blanke Entsetzen, das in der Stimme lag, löste unten im Theater eine erste Regung aus.

In wilder Panik trat John Paul ein paar Schritte vor, aber der Boden wogte heftig unter seinen Füßen. Es rumpelte und knackte und er geriet ins Wanken, fuchtelte hilflos mit den Armen.

Verzweifelt versuchte er wieder ins Gleichgewicht zu kommen. Er roch den Gestank von Qualm und hörte Kinder schreien. Während er fast schon auf Zehenspitzen stand, auf dem Sprung wie ein Vogel kurz vor dem Abflug, spürte er den Boden erzittern und unter seinen Füßen nachgeben.

Er wurde nicht auf einen Schlag wach, sondern glitt zwischen Bewusstlosigkeit und Bewusstsein hin und her. Später erinnerte er sich nur noch an ein Auf und Ab, hinauf zu Lichtern, die ihn blendeten, und dann wieder ein Absturz in die Dunkelheit. Dann Stimmen, gemurmelte Worte, die er nicht verstand. Unterschiedliche Stimmen, scharf und laut und dann leise und murmelnd, einmal die Stimme seiner Mutter, die Französisch sprach. Und dann wieder hinunter in eine süße Dunkelheit, die ihn sicher barg.

Als Nächstes kamen die Schmerzen. In seinem Kopf hämmerte der Schmerz, pulsierte darin, dass er das Gefühl hatte, einen Stahlhelm zu tragen, der zu klein für seinen Kopf war, zu eng, so dass er die Schädeldecke zu zermalmen drohte. Seine Schädeldecke war ein einziger, großer Schmerz.

Manchmal wich der Schmerz und ging fort und er trieb träge dahin, von sanften Wellen getragen. Wenn er sich mit den Wellen bewegen wollte, stellte er fest, dass er gelähmt war, eingeklemmt, mit festgebundenen Armen. Er war sich bewusst, dass er an irgendetwas gekoppelt war. *Gekoppelt,* als wäre er ein Teil einer schrecklichen Maschine. In diesem Augenblick setzte dann die Panik ein und schrie lauthals in seinem Inneren. Bis die Dunkelheit kam. Oder vielleicht der Schmerz. Selbst der Schmerz war immer noch besser als die Panik.

An irgendeinem Punkt fing er an zu träumen. Visionen füllten die Dunkelheit, Geschrei füllte seine Ohren. Er wurde gejagt, verfolgt, aufgespürt. Schatten hinter ihm, Schritte, die immer näher und näher kamen. Kinderschreie, Kinderweinen. Etwas Schreckliches jagte ihn, verfolgte ihn, kam immer näher und die ganze Zeit über weinten die Kinder ...

... Bis er die Augen aufschlug, blinzelnd im hellen Tageslicht, das ihm die Augäpfel zerschnitt. Rasch schloss er die Augen wieder, suchte den Trost und die Geborgenheit des Dunkels.

Als er das nächste Mal wach wurde, sah er seine Mutter und seinen Vater wie aus weiter Ferne auf sich herabblicken. Vor Anteilnahme und Besorgnis waren ihre Augen weit aufgerissen. Es war, als betrachteten sie ihn durch ein Mikroskop.

Er wusste sofort, dass er in einem Krankenhausbett lag und der Helm auf seinem Kopf kein Helm war, sondern ein Verband. Sein Arm war an einen Monitor gekoppelt, der piepte und brummte. Ein anderer Schlauch verband ihn mit einer Flasche, die verkehrt herum in der Luft hing. Im Augenblick tat ihm der Kopf nicht sonderlich weh. Er spürte nur einen dumpfen Schmerz. Aber seine Augen brannten immer noch von dem hellen Licht.

Seine Mutter hatte tränennasse Augen. Sie sagte immer wieder und wieder seinen Namen. »Jean-Paul ... Jean-Paul ...« In der französischen Form. Früher pflegte sie ihn in den Schlaf zu singen, indem sie seinen Namen murmelte. Aber jetzt lag so viel Trauer in ihrer Stimme. Diese Trauer hatte er in ihrer Stimme noch nie gehört.

Er wollte sie beruhigen. *Mir geht es gut, Mama, mir geht's gut.* Aber er war sich nicht sicher, ob es ihm gut ging oder nicht, und der Druck auf seine Schädeldecke nahm zu, der Schmerz wurde greller.

»Immer mit der Ruhe, John Paul«, sagte sein Vater, auf Englisch, gefärbt mit dem alten kanadischen Akzent. »Nur Ruhe, nur Ruhe ...«

Er sprach nie mehr Französisch.

»Alles okay mit mir?«, fragte er mit überraschend dünner Stimme.
Er spürte, wie die Panik wieder einsetzte, ein Schauder in der Wirbel-
säule, weil sie ihn so ernst betrachteten, als würden sie in ihm ihren
Sohn nicht wieder erkennen. »Muss ich sterben?«

»Non … non … non …«, flüsterte seine Mutter. Sie schüttelte heftig
den Kopf und beugte sich zu ihm herab um ihm einen nassen Kuss
auf die Backe zu drücken.

»Du bist verletzt«, sagte sein Vater. »Eine Gehirnerschütterung –
ernst, ja, aber kein Schädelbruch. Es hat aber gereicht um dich für ein
paar Tage außer Gefecht zu setzen.«

»Wie lange?«, fragte John Paul. »Wie viele Tage?«

Sein Vater zog die Schultern hoch und verzog das Gesicht, als widerstrebte es ihm, darauf zu antworten. »Sechs Tage – aber jetzt bist du
wieder bei uns. Und nur das zählt.«

»Sonst nichts?«

Aber da war noch etwas, denn plötzlich kehrte die Erinnerung an das
Geschehene zurück und er hörte wieder das Knistern der Flammen,
sah das Feuer, wie eine Schlange, die sich zu seinen Füßen entrollte,
und o Gott, die Galerie brach unter ihm weg und dann der Rauch und
die Flammen und unten die schreienden Kinder – erst laut, dann
schwach und immer schwächer.

Er glitt wieder in die barmherzige Dunkelheit hinüber, die ihn mit
süßer Geborgenheit umgab.

Als er das nächste Mal die Augen aufmachte, waren seine Eltern fort.
Er lag flach auf dem Rücken und sah zur Decke hoch. Sie hatte ein
wirbelndes Muster, wie Wellen, die in einem arktischen Meer erstarrt
waren. Vorsichtig bewegte er den Kopf und stellte erleichtert fest, dass
seine Kopfschmerzen verschwunden waren. Nur der seltsame Druck
war noch da. Er hörte das leise Murmeln des Monitors neben sich und
stützte sich auf den Ellbogen hoch um den Bildschirm zu betrachten.
Ein Mann, der in einem Sessel am Fenster saß, stand auf und trat ans

Bett. Der Mann war ungefähr so alt wie sein Vater, aber größer, mit massigen Schultern und einem zerklüfteten Gesicht. Der Mann ähnelte Mr. Zarbor. Sein Blick heftete sich auf John Paul, als wollte er seine Gedanken lesen, ja, als *könnte* er sie lesen.

»Wie geht's dir, John Paul?«, fragte er. Seine Stimme war ebenso sanft, wie seine Augen scharf waren.

John Paul hatte plötzlich Angst etwas zu sagen.

»Fühlst du dich in der Lage ein paar Fragen zu beantworten?«

Immer noch freundlich, immer noch sanft, aber John Paul verspannte sich, machte seine Arme und Beine steif. Wurde sich des Flatterns seines Herzens bewusst, wie etwas, das zwischen seinen Rippen in einem Käfig eingeschlossen war.

Bevor er antworten konnte, sagte der Mann: »Ich heiße Adam Polansky und bin der städtische Sicherheitsbeauftragte von Wickburg. Mir wurde für die tragischen Ereignisse im *Globe Theater* die Leitung der Ermittlungen übertragen.« Er sprach so steif und förmlich, als hielte er sich bei der Nennung seines Namens und seiner Absichten streng an eine Vorschrift. Dann wurde er wieder sanft: »Ich wäre dir für alles dankbar, was du mir über das, was an diesem Tag passiert ist, erzählen kannst.«

John Paul fürchtete sich davor zu sprechen. Als hätte er etwas zu verbergen, etwas, wofür er sich schämen müsste.

»Ich weiß, das ist schwer für dich, aber es ist sehr wichtig für unsere Ermittlungen ...«

Wieder dieses Wort. *Ermittlungen*. Vielleicht hatte das seine Angst ausgelöst. Und die Schuldgefühle. Er wusste nicht, wieso er sich schuldig fühlen sollte.

»Hab ich etwas falsch gemacht?«, fragte er.

»Das ist keine Frage von Falsch oder Richtig, John Paul. Es geht darum, die Wahrheit zu erfahren«, sagte Adam Polansky. »Du kannst uns helfen ...«

An der Tür nahm John Paul eine Bewegung wahr. Vorsichtig drehte er den Kopf und sah einen weiteren Mann, der groß und schmal war – schmale Lippen, schmale Nase – und eine Mütze mit Schirm trug, den er sich über die Augen gezogen hatte. Er hatte still an der Tür gestanden, aber jetzt trat er vor, mit einem Gesicht, als hätte er gerade etwas Bitteres mit einem widerlichen Geschmack schlucken müssen. Mehr als nur mürrisch: Seine Augen, mit denen er John Paul unter dem Schirm hervor ansah, musterten ihn voller Misstrauen.

»Sie sind viel zu weich«, sagte der Mann zu Adam Polansky, sah dabei aber immer noch John Paul an.

»Immer mit der Ruhe, Cutter«, sagte der Sicherheitsbeauftragte. »Er ist doch noch ein Junge.« Und dann, an John Paul gewandt: »Das ist Detective Lawrence Cutter. Von der Polizei von Wickburg ...«

»Hier«, sagte der Detective und hielt John Paul eine Zeitung hin. Die Schlagzeile war riesengroß, zog sich quer über die erste Seite und verkündete mit knalligen schwarzen Buchstaben:

22 KINDER IN KINOKATASTROPHE UMGEKOMMEN

Darunter eine kleinere Schlagzeile:

GALERIE EINGESTÜRZT
BRAND WIRD GERICHTLICH UNTERSUCHT

Und eine dritte Schlagzeile, in etwas kleinerer Schrift:

FRAGEN AN DEN PLATZANWEISER (16)

Stephen Delaney, 9.
Nancy Saladora, 6.
Kevin Thatcher, 13.
Deborah Harper, 5.
Suzanne Henault, 10.

Er ließ die Zeitung aufs Bett fallen und machte die Augen zu um die Namen auszuschalten, aber sie flammten in seinem Kopf auf, pulsierten wie Neonlicht.

Richard O'Brien, 11.
Stephanie Albertson, 9.
Arthur Campbell, 7.

Bevor er die Namen in sachlich schwarzem Druck gelesen hatte, war der Tod von zweiundzwanzig Kindern im *Globe Theater* nicht wirklich zu ihm durchgedrungen. Solche Tragödien ereigneten sich an anderen Orten, die weit weg waren. 300 TOTE BEI FLUGZEUGUNGLÜCK IN CHICAGO. 50 OPFER BEI BRAND IN LOS ANGELES. An solche Schlagzeilen konnte er sich erinnern. Aber 22 KINDER IN WICKBURG UMGEKOMMEN? Unmöglich.
Und dann die Namen.

Lucy Amareault, 10.
Daniel Kelly, 7.
James Bickley, 6.

Und er erinnerte sich an Gesichter. War Lucy Amareault, 10, das kleine Mädchen in dem leuchtend roten Kleid, der zwei Vorderzähne fehlten und die sich von oben bis unten mit Schokoladeneis voll geschmiert hatte? Oder war Lucy das ältere Kind, das auf zwei kleinere Jungen aufpasste und sich wie eine erwachsene Mutter benahm, die Jungen zurechtwies: »Stellt euch gerade hin und benehmt euch«? Hatte eine dieser möglichen Lucys wenige Minuten später erschlagen und mit zerschmetterten Knochen unter der Galerie gelegen?

Er drehte sich im Bett hin und her, versuchte sich von seinen Gedanken abzuwenden, aber sein Kopf verweigerte ihm den Gehorsam. Denn – was war mit James Bickley, 6? War er der Junge mit den orange-roten Haaren, der es nicht bis zur Toilette geschafft hatte und weinend, untröstlich, in der Eingangshalle stand, mit einem feuchten Fleck vorne an der Hose?

Noch eine furchtbare Frage, vor der es kein Entrinnen gab:

Bin ich schuld?

Er war sich nicht sicher, ob er die Frage laut ausgesprochen hatte. Und er klammerte sich an das, was Adam Polansky sagte, nachdem Detective Cutter ihm die Zeitung vor die Nase gehalten hatte: »Es wird keine Anklage gegen dich erhoben, John Paul.«

John Paul hatte daraufhin sofort zum Detective hinübergesehen, aber in dessen harten Augen hatte keine Gnade, keine weiche Regung gelegen.

An dieser Stelle war die Befragung abgebrochen worden, und zwar durch Ellie, eine freundliche Krankenschwester, die sagte, dass es jetzt Zeit für John Pauls Behandlung wäre. Zwinkerte John Paul zu, befreite ihn aus den Klauen der Ermittler.

»Wir kommen wieder«, versprach Detective Cutter, während er die Zeitung aufs Bett legte. Seine Worte waren wie eine Drohung, die noch lange in der Luft verharrte.

Jetzt wandte sich John Paul wieder der Zeitung zu, zwang sich, den Artikel über den Einsturz der Galerie noch einmal zu lesen – das Feuer, der Rauch, die Panik, die heroischen Bemühungen zur Rettung der Kinder. Manchmal hatten die Worte gar keine Bedeutung für ihn, so als weigerte sich sein Kopf, diesen alptraumhaften Aufmarsch von Buchstaben in richtige Wörter zu übertragen.

Sein eigener Name sprang ihm entgegen.

John Paul Colbert, der 16-jährige Teilzeitangestellte, wurde etwa fünf Minuten vor Beginn der Vorstellung auf die Galerie geschickt, um, wie *Globe*-Besitzer Zarbor sagte, »seltsamen Geräuschen« nachzugehen. Kurz darauf loderten Flammen von der Galerie auf und bei dem Ruf »Feuer« brach Chaos aus. Als das Feuer sich weiter ausbreitete, stürzte die Galerie ein und krachte auf die ahnungslosen Kinder herab.

Brandexperten gehen der Frage nach, ob eventuell eine Verbindung zwischen dem Brand und dem Einsturz der Galerie besteht. Colbert soll dazu befragt werden, sobald sein Gesundheitszustand dies zulässt. Er erlitt Kopfverletzungen, als er in die Trümmer hinabgerissen wurde, und liegt derzeit im Krankenhaus von Wickburg. Wie berichtet wird, hat sich sein Zustand stabilisiert.

Was war eigentlich mit Mr. Zarbor?
Er suchte den Artikel ab und fand die folgende Stelle:

Von Zarbor, der das *Globe*-Filmtheater seit 32 Jahren besitzt und betreibt, wird berichtet, dass er unter Schock steht und vom Hausarzt behandelt wird. Cyril Chatham, Inspektor der städtischen Baubehörde, gibt an, er habe den Kinobesitzer vorgeladen, nachdem bei einer amtlichen Inspektion im August mehrere Verstöße gegen die Bauordnung festgestellt worden waren. Der Galerie galt seine besondere Besorgnis und er wies Zarbor an, sie innerhalb von 90 Tagen durch Bauexperten überprüfen zu lassen. Offenbar hatte Zarbor dieser Anordnung nicht Folge geleistet. Die Frist von 90 Tagen endete am Tag vor der Katastrophe.

John Paul brachte die Zeitung wieder in Ordnung, legte Seiten hinein, die herausgefallen waren, und faltete sie säuberlich zusammen. Das alles tat er völlig mechanisch, während sein Kopf zu einem von Geistern heimgesuchten Theater wurde, in dem immer wieder und wieder die Galerie herabstürzte und die Kinder unter sich begrub.

Warum *war* die Galerie eingestürzt?

Zu alt, zu überladen mit Gerümpel, sagte er sich.

Hatte das Feuer den Boden geschwächt, so dass sich der Stützbalken – oder was immer die Galerie noch gehalten hatte – losreißen konnte?

War das Feuer schuld daran?

Und wer hatte das Feuer verursacht?

Ich, rief er stumm.

Ich. Ich. Ich. Ich.

Nacht. Stille durchdrang das Zimmer. Kein Brummen und Piepen des Monitors. Nur das leise Tappen von Gummisohlen auf dem Flur, wenn die Schwestern in die Krankenzimmer huschten. Rollläden zum Schutz vor der Dunkelheit draußen heruntergelassen. Fernsehstimmen in der Luft, gedämpft und weit entfernt. Sein eigener Apparat hing wie ein riesiger, blinder Zyklop hoch oben in einer Ecke des Zimmers. Die monotone Stimme, die durch die Sprechanlage die Ärzte herbeirief. *Dr. Conroy ... Dr. Tibbets ... bitte an der Zentrale melden ...* Augenblicke plötzlicher Stille, in der er hören konnte, wie sich die Fahrstuhltüren draußen auf dem Gang mit einem leisen *Ding* öffneten und schlossen.

Er war in einen unruhigen Dämmerschlaf gefallen, in dem er nur knapp unter der Oberfläche dahintrieb und dann plötzlich wieder auftauchte, mit einer Vorstellung von Träumen, an die er sich jedoch nicht mehr erinnern konnte, nur noch an die Stimmung, die Aura – eine düstere Stimmung, eine traurige, bedrückende Aura. Von den Träumen wusste er nur noch, dass es geregnet hatte, überall strömte Regen herab, der mit einem Mal silbern wurde und dann rot und dann wurde das Rot zu Blut.

Wieder tauchte er aus so einem undeutlichen Traumgebilde auf und während die Reste des Schlafs noch an seinen Augenlidern zerrten, sah er eine Erscheinung in der Tür. Ein Gespenst. Nein, kein Gespenst, stellte er fest, als er sich halb aufsetzte und es angestrengt musterte. Eine Frau in einem grauen Regenmantel, lange graue Haare umrahmten ihr graues Gesicht, nur die Augen waren nicht grau, sondern durchdringend schwarz und sie glühten ihm entgegen, als hätte hinter ihren Augen irgendetwas Feuer gefangen.

Sie hob die rechte Hand und zeigte mit einem langen, welken Finger auf ihn.

»Du!«

Noch nie hatte er in einer einzigen Silbe so viel Hass und Abscheu gehört.

Und dann wieder:

»Du.« Spie ihm das Wort entgegen.

Langsam trat sie ins Zimmer vor, mit schleppenden Schritten, als watete sie durch Wasser. Und dabei schrie sie:»Mörder…« Die Stimme rau, heiser. Den Finger anklagend auf ihn gerichtet, das Gesicht angespannt und furchtbar.

»Du hast meinen Joey umgebracht!«

Er machte die Augen zu, als könnte er sich damit von der Erscheinung befreien, von dieser Elendsgestalt aus einer Welt des Alptraums. Die fest zusammengekniffenen Augen holten augenblicklich den Kopfschmerz zurück, den qualvollen Druck auf der Schädeldecke. Durch den Schmerz hindurch hörte er andere Stimmen und eilig herbeistürzende Schritte.

Als er die Augen öffnete, sah er die Frau in den Armen von Krankenschwestern, gegen die sie sich heftig zur Wehr setzte, von ihnen aber überwältigt wurde. Die Frau ächzte, gab entsetzliche Töne von sich, jammerte und schluchzte. Ihre Augen waren immer noch wie rasend, voller Schmerz. Sie zappelte und wand sich, als sie aus dem Zimmer gebracht wurde, halb getragen und halb gezogen, bis sie schließlich an der Tür in den Armen einer großen, kräftigen Schwester zusammenbrach und sich unter verzweifelten Wehklagen fortführen ließ.

Später kam Ellie, brachte eine Wasserschüssel und einen Lappen um ihm das Gesicht zu waschen. Sie war jünger als seine Mutter, aber ihre Haare waren schlohweiß.

Noch bevor er sie etwas fragen konnte, sagte sie:»Lass dir das nicht unter die Haut gehen, John Paul. Die arme Frau. Ihr Sohn ist im *Globe* umgekommen. Damit wird sie nicht fertig.« Und dabei fuhr sie ihm mit dem feuchten, warmen Waschlappen liebkosend über die Wangen, den Hals und die Stirn.

»Aber sie glaubt, dass ich –«

»Pst«, sagte Ellie. »Du hast nichts getan. Sie hat jeden Bezug zur Wirklichkeit verloren. Entspann dich jetzt. Lass dich einfach treiben. Ich gebe dir eine Tablette, damit du schlafen kannst.«

Aber ich habe etwas getan.

Die Streichhölzer.

Das Feuer.

Es war eine so verwirrende Situation gewesen, als er plötzlich aufwachte und die Frau ins Zimmer eindringen sah, dass er das Feuer und die Ursache dafür ganz vergessen hatte.

Er bezweifelte, dass er wieder einschlafen würde, auch wenn die Schwester ihm eine Tablette gab.

Am nächsten Tag kam die Wahrheit ans Licht. Eine Versammlung in seinem Zimmer: seine Eltern, die eng umschlungen am Fenster standen; der Sicherheitsbeauftragte, Adam Polansky, und Detective Cutter, der Mann mit der scharfen Stimme, näher an seinem Bett. Er hörte ihnen zu, als sie sprachen, nickte und verstand, der Kopf war frei, der Schmerz fort, aber etwas entsetzlich Schweres lastete auf seiner Brust – oder vielmehr nicht auf seiner Brust, sondern auf seinem Herzen oder der Stelle, wo Schuld und Einsamkeit saßen. Aber er hörte zu. Und sagte zu niemandem ein Wort über diese Stelle.

Er nickte, klammerte sich an die Worte des Sicherheitsbeauftragten: Für die Katastrophe war er nicht verantwortlich. Ja, es war unklug gewesen, auf der voll gestellten Galerie im Dunkeln ein Streichholz anzuzünden, aber das Feuer hatte mit dem Einsturz der Galerie nichts zu tun. Tatsächlich hatten die Flammen sogar als Warnung gedient, hatten darauf aufmerksam gemacht, dass etwas nicht in Ordnung war. Einigen Kindern, die daraufhin sofort die Flucht ergriffen, hatte das vielleicht das Leben gerettet.

»Dich trifft keine Schuld«, sagte Adam Polansky. »Aber …«

Aber ... Dieses gefährliche, hinterhältige Wort, das sich wie eine kleine, anklagende Schlange in ihr Gespräch wand.

»Aber jemand trägt Schuld am Einsturz der Galerie«, fiel Detective Cutter ihm ins Wort. »Und hier bist du gefordert. Du musst die Wahrheit sagen.«

Aus unerfindlichen Gründen musste John Paul an Mr. Zarbor denken. Der arme Mr. Zarbor. Stand er immer noch unter Schock, wie die Zeitungen berichtet hatten?

»Mr. Zarbor ...«, sagte er.

»Genau«, sagte der Detective. »Du darfst niemanden schützen, weder Mr. Zarbor noch sonst jemanden. Du musst die Wahrheit sagen und darfst nichts verheimlichen.«

Aber er verheimlichte doch gar nichts.

Detective Cutter ergriff wieder das Wort: »Hat Mr. Zarbor dich jemals auf den Zustand der Galerie angesprochen?«

»Nein. Ich hab Sachen raufgetragen. Kartons und irgendwelchen Kram, der hinter der Bühne herumgestanden hatte. Freiwillig bin ich nie hinaufgegangen. Ich mochte die Galerie nicht.«

»Warum nicht?«

»Es war dort so gespenstisch. Dunkel. Und manchmal hab ich Geräusche gehört – als würden Ratten dort herumlaufen ...«

»Bist du dir sicher, dass es Ratten waren?«

»Das hab ich jedenfalls geglaubt.« Die Kopfschmerzen kehrten mit Wucht zurück. Es war, als hätte ihm jemand einen Nagel in den Kopf getrieben.

»Könnten die Geräusche auch etwas anderes gewesen sein?«

»Was denn zum Beispiel?«

»So etwas wie das, was du kurz vor dem Einsturz gehört hast. Es ist anzunehmen, dass die Galerie schon vor diesem Tag langsam einzustürzen begann. Hat Mr. Zarbor schon vorher mal etwas vom Zustand der Galerie erwähnt?«

Hatte er diese Frage nicht eben schon beantwortet?

»Nein.« Ein Hammer schlug den Nagel tiefer ein, hoch oben an seinem Hinterkopf.

In diesem Augenblick griff sein Vater ein.

»Ich glaube, mein Sohn hat Schmerzen«, sagte er. »Es reicht.« Der Detective zog sich zur Tür zurück und Mr. Polansky trat zu John Paul ans Bett. »Ruh dich aus«, sagte er freundlich, sanft.

»Aber denk über die Fragen nach«, rief Detective Cutter noch über die Schulter, während er das Zimmer verließ. Seine Stimme war weder freundlich noch sanft.

Am nächsten Vormittag blieb ein kleiner Mann – so kleinwüchsig, dass er hinter dem Wagen, den er schob, kaum zu sehen war – an der Tür stehen und fragte John Paul, ob er etwas an Süßigkeiten oder Kaugummi kaufen wollte, Zeitschriften oder eine Zeitung.

»Wenn du kein Geld hast, kannst du's später bezahlen«, rief er munter.

»Kann ich eine Zeitung kaufen?«, fragte John Paul. Kaum hatte er die Frage ausgesprochen, bereute er sie auch schon wieder. Eigentlich wollte er gar keine Artikel über das *Globe* mehr lesen. »Mein Vater hat mir Geld in die Schublade gelegt.« Er wies mit dem Kopf zum Nachttisch am Bett.

»Ich heiße Mac«, sagte der Mann. »Ich bin einsfünfzehn groß und hab früher im Zirkus gearbeitet. Was für ein Jongleur ich doch war! Ich bin im *Globe* aufgetreten. Das war vor deiner Zeit. Was meinst du denn, wie alt ich bin?«

Während er sprach, kam er mit der Zeitung ans Bett, holte sich das Geld aus der Schublade, legte Wechselgeld hinein und hielt John Paul die Zeitung hin.

»Keine Ahnung«, sagte John Paul. Er freute sich über die Gesellschaft, war froh darüber, jemanden im Zimmer zu haben, der kein Arzt, keine Krankenschwester und kein Ermittler war.

»Einundfünfzig. Alle sagen, dass ich keinen Tag älter als dreißig aussehe.« Kopfschüttelnd fügte er hinzu: »Ewig schade um Mr. Zarbor. Er war so ein netter Mensch. Hatte ein Herz für Jongleure ...«

Ewig schade? War ein netter Mensch? In diesen Worten lag Gefahr. John Paul riss Mac die Zeitung aus der Hand und stöhnte auf, als er die Schlagzeile sah:

GLOBE-BESITZER BEGEHT SELBSTMORD
BEVORSTEHENDES VERFAHREN STÜRZTE IHN IN VERZWEIFLUNG

In der Nacht betete er für die Seele von Mr. Zarbor und für alle Kinder, die im *Globe* umgekommen waren, bis er endlich in den Schlaf hinüberglitt. In den Schlaf, der zu einem lieben und sehr geschätzten Freund geworden war.

Drei Tage später wurde er aus dem Krankenhaus entlassen. Seine Eltern kamen ihn abholen. Sie machten viel Aufhebens um ihn. Seine Mutter half ihm beim Anziehen, obwohl er sich in der Lage fühlte sich allein anzuziehen. Es war ihm peinlich, dass sie sich hinkniete um ihm die Schuhe zuzubinden. Sein Vater fasste ihn ständig an – berührte ihn an der Schulter, strich ihm übers Haar –, als müsste er sich vergewissern, dass John Paul wirklich existierte.

Schließlich kam Ellie, die weißhaarige Krankenschwester, mit einem Rollstuhl an. »Rein mit dir«, sagte sie. »Du bekommst eine kostenlose Spazierfahrt.«

John Paul weigerte sich. »Ich kann laufen«, sagte er. »Es geht mir gut ...«

»Das ist Vorschrift hier im Krankenhaus«, sagte Ellie und führte ihn zum Rollstuhl. »Jeder wird bis zum Eingang gefahren.«

Doch als die Reise durch den Korridor begann, schlugen sie nicht den

Weg zu den Fahrstühlen ein, die ins Erdgeschoss zum Haupteingang fuhren. Es ging in die entgegengesetzte Richtung.

»Wo wollen wir hin?«, fragte er.

Er sah die Unsicherheit, die sich auf den Gesichtern seiner Eltern spiegelte, sah Ellies grimmige Entschlossenheit. »Wir nehmen den Lastenaufzug. Zur Rückseite der Klinik. So geht es schneller.«

»Wieso schneller?«, fragte er, plötzlich hellhörig geworden. Ihm wurde bewusst, dass seine Eltern mehr als nur besorgt um ihn gewesen waren. Sie waren ängstlich gewesen, angespannt, hatten versucht ihre Nervosität zu überspielen.

Niemand sagte etwas.

Die Fahrstuhltüren öffneten sich. Sie gingen hinein und fuhren schweigend nach unten. John Paul stellte keine Fragen mehr. Er wollte die Antworten gar nicht hören. Doch er glaubte zu wissen, warum sie den Vordereingang des Krankenhauses vermieden. Ihm fiel die Frau ein, die ihn vor ein paar Tagen beschuldigt, ihm ihre Anklagen ins Gesicht geschrien hatte. Vielleicht wartete sie an der Vorderseite des Gebäudes, zusammen mit anderen, die ihm für das, was im *Globe* passiert war, ebenfalls die Schuld gaben.

Glatt und leise gingen die Türen auf. John Paul sah am Hinterausgang der Klinik einen Polizisten stehen. Er winkte sie heran, ein alter Schutzmann mit frischer Gesichtsfarbe, ein großväterlicher Typ.

»Das Taxi wartet schon«, sagte er. »Beeilen Sie sich, bevor jemand merkt, was vor sich geht.«

John Paul wurde bis zur Tür gefahren. Sein Vater half ihm aus dem Rollstuhl, obwohl er keine Hilfe brauchte. Ellie drückte ihm einen schnellen Kuss auf die Backe. »Gott mit dir«, sagte sie. »Armer Junge ...«

Durch die Türen und über den Bürgersteig und durch die offen stehende Wagentür ins Taxi hinein. Seine Eltern trieben ihn zur Eile an.

Im Taxi roch es nach Zigarettenrauch. Der Fahrer, der tief gebeugt über dem Lenkrad saß, sah sie nicht an.

»Festhalten«, murmelte er, als das Taxi mit quietschenden Reifen losbrauste. Stinkende Auspuffgase überdeckten den Zigarettenqualm.

Als sie um die Ecke bogen, vom Krankenhaus weg, sah John Paul durch die Heckscheibe hinaus. Am Haupteingang der Klinik hatte sich eine Menschenansammlung gebildet. Wie Streikposten bei einem Arbeitskampf hielten die Leute Schilder und Plakate hoch. Auf die Entfernung konnte er die flüchtig hingeschmierten Wörter nicht lesen.

Vor seinen Augen begann sich die Menge zu zerstreuen. Die Leute liefen quer über den Rasen, auf den Hintereingang zu, von dem das Taxi nur wenige Augenblicke zuvor losgefahren war. Dann blieben sie unvermittelt stehen, als hätten sie gemerkt, dass sie ausgetrickst worden waren. John Paul sah zornig erhobene Fäuste, wutverzerrte Gesichter.

»Sie glauben, dass ich schuld bin«, sagte er. Ihm war klar, dass die Wut ihm galt.

»Das bist du aber nicht«, sagte seine Mutter und zog ihn zu sich heran.

Ich muss es aber wohl sein, dachte er unglücklich, während das Taxi durch die Straßen heimwärts brauste.

In den nächsten Tagen fragte sich John Paul, ob er zu früh nach Hause gekommen war. Da war er sich jetzt nicht mehr so sicher. Zuerst hatte er es gar nicht erwarten können, dass er aus dem Krankenhaus kam, die Verbände abgenommen wurden. Er wollte dem ewig gleichen Trott entkommen, Blutuntersuchungen, Blutdruckmessungen und drei-, viermal am Tag ein Fieberthermometer unter der Zunge. Das Essen hatte auf dem Teller immer lecker ausgesehen, hatte in seinem Mund dann aber keinerlei Geschmack. Die offene Tür zu seinem Zimmer hatte ihn nervös gemacht, vor allem seit diese Frau eingedrungen war und ihm ihre Beschuldigungen entgegengeschrien hatte.

Aber als er erst mal zu Hause war, lief er rastlos durch die Zimmer, wie ein Außerirdischer, und das an einem Ort, der ihm früher Sicherheit geboten hatte. Nicht, dass er jemals das Gefühl von Gefahr gehabt hätte, weder zu Hause noch auf den Straßen oder in der Schule, der Wickburg Regional.

Aber es gab jetzt keine Sicherheit mehr. Selbst wenn sein Vater am Vormittag schlief – er arbeitete immer noch nachts im Restaurant – und seine Mutter mit der Hausarbeit beschäftigt war, kam er nicht zur Ruhe. Seine Kopfschmerzen hatten aufgehört, die Schnitt- und Quetschwunden waren verheilt. Aber er begann sich zu fragen, ob mit seinem Kopf vielleicht etwas passiert war, was nicht mehr heilen konnte. Dabei ging es jedoch um mehr als seinen Kopf. Um etwas ganz anderes. Etwas, worüber er nicht nachdenken wollte.

»Ich mache einen Spaziergang«, sagte er seiner Mutter.

Sie legte den großen Kochlöffel weg, mit dem sie in einem Topf auf dem Herd gerührt hatte. »Ob das gut ist?«

»Nächste Woche gehe ich wieder zur Schule. Warum sollte ich dann diese Woche nicht spazieren gehen? Du hast mir selbst gesagt, dass ich blass wäre. Ein bisschen frische Luft wird vielleicht helfen.«

Mit traurigen Augen nickte sie. Seit der Katastrophe trug sie die Trauer wie einen Mantel, den sie nicht ablegen konnte.

Novemberkälte empfing ihn, als er aus dem Haus trat. Er schlug den Kragen seiner Jacke hoch. Der Himmel, dunkel und tief hängend, drückte auf ihn herab. Die blattlos kahlen Äste der Bäume zogen sich wie Spinnweben am Grau das Himmels hinauf. Er sah zu, wie ein lebhafter Wind quer über den Bürgersteig fegte. So durchfroren und deprimiert, wie er war, wäre er fast wieder ins Haus gegangen.

Aber er schlug den Weg zur Stadtbücherei ein. Dass er das Haus zu diesem Zweck verlassen hatte, war ihm bis zu diesem Augenblick nicht klar gewesen, und doch hatte er die ganze Zeit über gewusst, dass er dorthin *musste*. Er musste erfahren, was außerhalb des Krankenhauses passiert war, während er als Patient dort gelegen hatte.

Eine fröhliche Bibliothekarin brachte ihm alle Zeitungen der letzten beiden Wochen und legte sie auf einen Tisch im Lesesaal. Sie stellte keine Fragen, wieso er nicht in der Schule war.

Eine Stunde später verließ er mit stolpernden Schritten die Bücherei. Die Schlagzeilen und Artikel schwirrten ihm in rasender Geschwindigkeit im Kopf herum, während er auf wackeligen Beinen die Main Street entlangging. An einem Briefkasten blieb er stehen und lehnte sich dagegen. Sein Atem ging immer schneller, gefährlich schnell, so als wäre er in wildem Tempo gerannt.

Er hob das Gesicht dem Wind entgegen. Es war ein Glück für ihn, dass er unmittelbar nach der Katastrophe im Krankenhaus gewesen war. Er war dankbar dafür, dass ihm die Qual dieser entsetzlichen Tage voller Wut und Schmerz erspart geblieben war. Knallige Schlagzeilen und ein Bericht nach dem anderen, über Kinder, die eingeklemmt waren, über verletzte Kinder, tote Kinder. Die trauernden Familien hatten Fotos zur Verfügung gestellt: Erstkommunion, Schulfotos, Familienfeste. Eifrige Gesichter, leuchtende Augen. Ein Junge, der dem Weihnachtsmann auf dem Schoß saß. Ein Mädchen beim Auspusten der Kerzen auf der Geburtstagstorte. Und es gab auch Bilder von Beerdigungen, von Menschenansammlungen vor Kirchen, die Gesichter gramverzerrt, vor Tränen überfließende Augen.

Dann, wie ein Schock, ein Bild von ihm selbst, umgeben von fröhlichen Kindern, die in die Kamera strahlten. Offenbar war das Foto in der Eingangshalle des *Globe* aufgenommen worden. Er konnte sich nicht daran erinnern. Und der Text unter dem Bild: »Platzanweiser John Colbert mit einigen Kindern kurz vor der Tragödie im *Globe Theater*. Der Verdacht, Colbert sei für den Einsturz der Galerie verantwortlich, hat sich nicht bestätigt.«

Während er nach Hause ging, war ihm das ein kleiner Trost. *Der Verdacht hat sich nicht bestätigt.*

Aber nur ein sehr schwacher kleiner Trost.

Die vielen Kinder, die gestorben waren.

Und er hatte seinen Anteil daran.

Zu Hause erwartete ihn ein Brief. Seine Mutter sah ihn gespannt an, als sie ihn aushändigte – er hatte noch nie einen Brief bekommen. Zum Geburtstag schickten ihm seine Eltern immer eine Karte per Post und warfen sie so ein, dass sie am richtigen Datum eintraf. Aber das hier war ein *Brief*, ein langer, weißer Umschlag, auf dem sein Name und seine Adresse mit zierlichen Buchstaben geschrieben standen.

Er wog den Brief in der Hand und zögerte ihn zu öffnen.

Er konnte sich nicht vorstellen, wer ihm schreiben sollte.

Er sah nach dem Absender – keiner.

Während er den Umschlag vorsichtig auf einer Seite aufriss, kam sein Vater aus dem Schlafzimmer. Er gähnte und fuhr sich mit der Hand durch das vom Schlaf zerzauste Haar.

»Ein Brief für John Paul«, verkündete ihm seine Mutter. In ihrer Stimme lag Besorgnis.

Seine Eltern sahen ihm zu, wie er einen Papierbogen aus dem Umschlag zog. Wieder diese zierliche Schrift und dazu ein leichter Hauch von Parfüm. Ein Sträußchen blauer Blumen verzierte oben rechts die Ecke des Briefs. In der anderen Ecke stand eine Wickburger Adresse.

Er hielt den Brief in das Licht, das vom Fenster herfiel, und las:

Lieber John Paul,

Du erinnerst dich vielleicht nicht mehr an mich. Meine Name ist Nina Citrone. Ich war eine der Schülerinnen von der Highschool, die Mr. Zarbor am Tag der Zaubervorstellung als Aushilfen eingestellt hatte.
Ich schreibe dir um dir zu sagen, wie traurig ich über das Geschehene bin. Mir ist klar, dass du sehr unglücklich darüber sein musst. Ich habe von deinen Verletzungen gelesen und hoffe, dass es dir wieder besser geht. Gott sei Dank bin ich ohne Verletzungen davongekommen.
Du warst am Tag der Vorstellung sehr freundlich zu mir. Ich war nervös und du hast alles nur Erdenkliche getan, damit ich mich wohl fühlen konnte.
Hoffentlich geht es mit deiner Genesung gut voran und du kannst bald wieder in die Schule kommen.
War das nicht ein entsetzlicher Tag? Ich habe immer noch Alpträume davon. Kurz vor dem Aufwachen sehe ich die Galerie herunterkrachen. Jeden Abend, wenn ich mein Nachtgebet spreche, bete ich auch für die Seelen dieser armen Kinder.
Nochmals vielen Dank, dass du so nett zu mir warst.

Herzliche Grüße
von
Nina Citrone

Er reichte den Brief an seine Mutter weiter, trat ans Fenster und schaute auf die Straße hinaus. Er wollte seine Mutter nicht ansehen, weil er dann zugeben müsste, dass er sich gar nicht daran erinnern konnte, zu Nina Citrone freundlich gewesen zu sein. An diesem Tag war er selbst nervös gewesen und er hatte sich bemüht allen behilflich zu sein, hatte Fragen beantwortet und Wege beschrieben und versucht, in diesem ganzen Durcheinander einen Anschein von Ruhe zu bewahren. Er hatte sich zu der Blonden hingezogen gefühlt, nicht zu dem nervösen Mädchen, das nicht still stehen konnte und ständig herumzappelte.

»Ein netter Brief«, sagte sein Vater, der seiner Frau über die Schulter sah. »Wir sind stolz auf dich, John Paul ...«

»Du musst ihr antworten«, sagte seine Mutter. »*Demain.*« Dann verbesserte sie sich: »Gleich morgen.«

Vielleicht, dachte John Paul, während er sich zum Schlafengehen fertig machte, ist der Brief ja ein Vorzeichen dafür, dass endlich auch wieder schöne Dinge geschehen.

Als er zum Nachtgebet niederkniete, dachte er, dass er sich zur Abwechslung auch mal mit den guten Dingen befassen müsste. Ich habe seit drei Tagen keine Kopfschmerzen mehr gehabt. Am Montag werde ich wieder zur Schule gehen. Ich wurde von jedem Verdacht freigesprochen, auch wenn keine dicken Schlagzeilen das verkünden. Und ein Mädchen hat mir einen Brief geschrieben.

Er hatte nie eine Freundin gehabt, war nie mit einem Mädchen ausgegangen. Er hatte Mädchen immer nur aus der Ferne verehrt.

Er sprach sein Nachtgebet, die alten Gebete auf Französisch. Wie Nina Citrone betete er für die Kinder und fügte noch eine Fürbitte für die Seele von Mr. Zarbor hinzu. Während er unter die Decke schlüpfte, dachte er über Nina Citrones Alptraum nach. Sie sah die Galerie herunterkrachen. Seine Alpträume waren anders. Unbestimmt: schreiende Kinder, jemand, der »Feuer!« ruft, ein Schatten, der ihn jagt. Aber der Alptraum war nicht das Schlimmste.

Das Schlimmste kam kurz vor dem Einschlafen oder wenn er mitten in der Nacht aufwachte. Dann hörte er wieder die Geräusche auf der Galerie, das, was er für Ratten gehalten hatte, die zwischen dem Gerümpel und Müll herumhuschten. Wenn er seine Angst vor Ratten überwunden hätte und auf die Galerie hinaufgegangen wäre, hätte er vielleicht die Schwachstelle entdeckt, die zum Einsturz führte. Er versuchte diesen Gedanken abzuschütteln, aber in der Dunkelheit des Zimmers kehrte das Geräusch zu ihm zurück, dieses seltsame Reißen. Er hielt sich die Ohren zu um es auszuschalten. Aber das war natürlich unmöglich, denn das Geräusch befand sich innen in seinem Kopf, zusammen mit dem Bewusstsein, dass er vielleicht doch schuld war, dass seine Weigerung, die Galerie zu inspizieren, den Tod der Kinder bewirkt hatte.

Alpträume hörten beim Aufwachen auf. Schuldgefühle hörten niemals auf. Am schlimmsten waren sie in der Dunkelheit der Nacht, aber sie waren auch sonst immer da, bei Tag und Nacht.

Als er am nächsten Vormittag allein zu Hause war, beantwortete er den Brief von Nina Citrone. Saß da, mit dem Stift in der Hand und das beste Briefpapier seiner Mutter vor sich auf dem Tisch, und wusste nicht, was er schreiben sollte. Eigentlich wusste er ja, weshalb er ihr schrieb – um sich für ihren Brief zu bedanken. Aber wie sollte er das formulieren? Voll Zorn auf sich selbst schrieb er:

Liebe Nina,

Er kannte sie doch eigentlich gar nicht. Vielleicht sollte er lieber »Miss Citrone« schreiben? Er sah in ihrem Brief nach. Sie hatte ihn mit »John Paul« angesprochen und ihn geduzt.

vielen Dank für deinen Brief.

Das war unverfänglich. Und gehörte sich so.

> Es war sehr freundlich von dir, mir zu schreiben.

Er runzelte die Stirn. Etwas machte ihm zu schaffen. »Freundlich« kam ihm zu steif vor. Darüber dachte er eine Weile nach, strich dann »freundlich« aus und ersetzte das Wort durch »nett«. Dann strich er »nett« durch und schrieb wieder »freundlich« hin. Er würde den Brief noch mal abschreiben müssen.

Das war alles so schwierig, dass er laut seufzte. Dann fand er eine Lösung:

> Es war sehr nett und freundlich von dir, mir zu schreiben. Es ist auch schön von dir, dass du für die Seelen der Kinder betest. Ich bete auch für sie.

So weit, so gut. Und weiter:

> Ich bin sehr froh darüber, dass du nicht verletzt wurdest und heil aus dem Theater gekommen bist. Es tut mir Leid, dass du Alpträume hast. Mir geht es genauso.

Vielleicht hätte er die Alpträume lieber nicht erwähnen sollen? Aber er wollte ihr zeigen, dass sie damit nicht allein war. Von seinen Schuldgefühlen würde er jedoch nichts schreiben. Davon hatte er keinem Menschen gegenüber jemals etwas verlauten lassen.

> Meine Verletzungen sind jetzt alle verheilt. In fünf Tagen, am nächsten Montag, fange ich wieder mit der Schule an.

Er machte eine Pause und legte den Stift aus der Hand, war sich nicht sicher, was er als Nächstes schreiben sollte. Ihm war klar, was er gern geschrieben hätte, aber er wollte nicht den Eindruck erwecken, er wäre ... Er suchte nach dem Wort und fand es: »aufdringlich«. Dann schrieb er den Satz dennoch:

Ich hoffe, wir sehen uns in der Schule.

Eine Zeit lang überdachte er den Satz und ließ ihn dann doch stehen. Er war nicht aufdringlich. Es war ein höflicher Satz.

Nochmals vielen Dank für deinen Brief.

Das hörte sich zu formell an, aber ein besserer Schluss fiel ihm nicht ein. Er schaute auf ihren Brief um festzustellen, welchen Gruß sie verwendet hatte. »Herzliche Grüße.«
Dann las er ihren ganzen Brief noch einmal. Er war seltsam bewegt und bekam Schwierigkeiten beim Schlucken. Im Krankenhaus hatte er von seinen Klassenkameraden keinerlei Karte mit Genesungswünschen erhalten. Der Grund dafür war ihm klar. Er war erst seit ein paar Wochen Schüler der Wickburg Regional und schloss nicht so leicht Freundschaft. Für die anderen war er nur ein Name. Aber Nina Citrone hatte ihn als Mensch erkannt, hatte in ihm eine Freundlichkeit gesehen, von der er gar nicht gewusst hatte, dass sie vorhanden war.
Er schloss den Brief mit den Worten:

Ganz herzliche Grüße
von
John Paul Colbert

An die Redaktion:

Die Stadt Wickburg sollte sich schämen, dass sie die Katastrophe, die sich im *Globe Theater* am 31. Oktober ereignete, nicht weiter untersucht. Offenbar sind die Ermittlungen zusammen mit dem Theaterbesitzer gestorben. Aber es war noch eine andere Person in diese vermeidbare Tragödie verwickelt, außer dem Theaterbesitzer der Einzige, der sich in den Monaten vor dem Einsturz der Galerie im *Globe* aufgehalten hat.

Diese Person ist der junge Platzanweiser. Seine eigenen Aussagen zeigen, dass ihm die Galerie vertraut war. Er ging oft hinauf um dort Materialien zu lagern. Noch wenige Minuten vor der Katastrophe war er auf der Galerie um »ein Geräusch« zu überprüfen. Er zündete ein Streichholz an, und das war vielleicht der Auslöser dafür, dass die Galerie auf die unschuldigen Kinder herabstürzte.

»Wir haben«, so stellte der Sicherheitsbeauftragte abschließend fest, »keinen Beweis dafür, dass ein Zusammenhang zwischen dem Feuer und dem Einsturz der Galerie besteht.« Was besagt das? Es gibt keinen Beweis. Das ist logisch, denn was es an Beweisen gegeben haben mag, wurde von den Flammen und den Trümmern vernichtet. Wenn es aber keinen Beweis gibt, dass der Junge den Einsturz verursacht hat, dann gibt es auch keinen Beweis dafür, dass er daran unschuldig ist oder von dem baufälligen Zustand der Galerie nichts wusste.

»Der Fall ist abgeschlossen«, sagte der Sicherheitsbeauftragte nach dem Tod von Mr. Zarbor. Aber dieser Fall

wird erst dann abgeschlossen sein, wenn der Gerechtig-
keit Genüge getan wurde.

D. C.

Wickburg

Die Zeitung in seiner Hand zitterte. Er war allein im Haus. An der
Hintertür hatte er den Plumps gehört, mit dem die Zeitung dort
gelandet war. Er hatte sie hereingeholt und dabei den Blick von der
ersten Seite und den Schlagzeilen abgewandt, hatte sich dann aber
gesagt, dass er nicht sein Leben lang der Zeitung ausweichen konnte.
Bei einem vorsichtigen Blick auf die erste Seite stellte er erleichtert
fest, dass dort kein Artikel über das *Globe* zu finden war. Auch auf
Seite 2 nicht. Er ging zum Sportteil über, war an den *Celtics* und den
Bruins aber nicht interessiert. Sein Vater und er interessierten sich
für Baseball; sie sahen sich oft gemeinsam die Spiele der *Red Sox* an.
Er blätterte weiter zu der Seite mit den Cartoons. Überflog die Co-
mics ohne große Lust. In letzter Zeit hatte er zu nichts mehr Lust.
Die Kommentarseite las er nur selten, warf aber manchmal einen
Blick auf die politische Karikatur oder zwang sich dazu, den Leitarti-
kel zu lesen. »Du musst über dein neues Land Bescheid wissen und
die Zeitung ist die beste Quelle dafür«, pflegte sein Vater zu sagen.
Pflichtbewusst überflog er den Leitartikel, etwas Langweiliges über
Abwasser. Sein Blick fiel auf den unteren Teil der Seite, die Kolumne
mit den Leserbriefen, und auf die kurze Überschrift über dem einzigen Leserbrief, der dort abgedruckt war: »Fall abgeschlossen?«
Nachdem er den Brief gelesen hatte, ließ er die Zeitung auf den Teppich fallen. Jetzt wusste er, dass die Tragödie immer weitergehen
würde, dass er damit bis ans Ende seiner Tage leben musste.
Dieses Wissen hatte sich in ihm festgesetzt wie ein Eisblock, der
niemals schmolz.

Am ersten Tag, an dem er wieder zur Schule ging, war John Paul froh darüber, dass die Wickburg Regional so groß war. Wenn die Schulglocke in regelmäßigen Abständen läutete, waren die Gänge voller Schüler, die es alle eilig hatten. Niemand achtete auf ihn. Er dachte an das Foto in der Zeitung und versuchte sich in sich selbst zu verkriechen, wäre am liebsten unsichtbar geworden. Erleichtert stellte er fest, dass die Schüler ihn genauso gleichgültig betrachteten wie sonst auch. Er vermied es, anderen in die Augen zu schauen, sogar den Lehrern.

Nur ein einziges Mal gab es einen unangenehmen Augenblick. Als er sich in seiner Stammklasse zurückmeldete und seinen Platz in der vorletzten Reihe am Fenster einnahm, merkte er, dass er von vielen Augen angestarrt wurde. Hatte der Vater oder die Mutter von einem dieser Schüler, einer dieser Schülerinnen den Brief an die Zeitung geschrieben?

Mr. Stein klopfte mit einem Lineal auf sein Pult und sagte: »Wir freuen uns, dass du wieder bei uns bist, John Paul.« Dann blickte er die Reihen der Schüler entlang. »Stimmt doch, Leute, oder?« Mit einem fordernden Ton in der Stimme.

»Genau«, rief jemand und darauf folgten noch weitere freundliche Begrüßungen.

John Paul wurde knallrot, sowohl vor Freude als auch vor Verlegenheit, und dann klingelte es zum Unterrichtsbeginn.

Wie gewöhnlich wurde er nicht aufgerufen. Ein paar Klassenkameraden nickten ihm zu, weder freundlich noch unfreundlich, ganz so, wie sie es auch vor der Katastrophe gemacht hatten. Nach der Geschichtsstunde schüttelte ihm ein Junge, den er nicht kannte, die Hand. »Ich bin so froh, dass du wieder gesund bist«, sagte er.

Völlig perplex, mit augenblicklich nass geschwitzten Handflächen, brachte John Paul ein »Danke« heraus.

Genauso perplex war er in der Mittagspause, als er allein am Tisch saß und die Blonde, die an jenem Tag im *Globe* als Aushilfe gearbeitet hatte, auf sich zukommen sah. Er hatte von seinem Teller mit einem wenig verlockenden Hamburger aufgeblickt – Essen hatte immer noch wenig Verlockendes für ihn – und da sah er sie auf seinen Tisch zugehen. Ihr Blick suchte seinen, die langen, blonden Haare wippten ihr um die Schultern.

Er stand auf um sie zu begrüßen.

Sie lächelte ihn an. Das Lächeln lag auch in ihren Augen, die – ungewöhnlich für jemand mit so heller Haut – von einem tiefen Braun waren.

»Danke, dass du mir zurückgeschrieben hast«, sagte sie.

Er merkte, wie er vor Staunen den Mund aufsperrte. Und er konnte ihn gar nicht mehr schließen.

Er hatte den Brief von Nina Citrone beantwortet, nicht von diesem Mädchen, von dem er nicht mal den Namen wusste.

»Weißt du nicht mehr?«, fragte sie. »Du bekommst bestimmt haufenweise Post. Ich bin Nina Citrone, aus dem *Globe* ...«

»Nina Citrone?«, sagte er. Geriet bei ihrem Namen ins Stammeln, kam sich dumm vor.

»Ja.«

»Aber ...«

»Aber was?«

»Du hast geschrieben, ich wäre an diesem Tag so freundlich zu dir gewesen ...«

»Das warst du doch auch! Ich hatte solche Angst. Meine Eltern haben mich nie arbeiten lassen. Ich durfte nie irgendetwas tun. Und dann diese vielen Kinder! Ich war so aufgeregt ...«

»Du wirktest aber gar nicht nervös.«

»Ich weiß. Ich zieh da immer eine große Schau ab. Zum Beispiel vorhin vor dem Referat. Hab ich gegähnt? Das gehört zu den schrecklichen Dingen, die ich mache, wenn ich aufgeregt bin. Wie zum Beispiel jetzt, weil ich mit dir rede. Weißt du was? Mir schlottern die Knie. Und wahrscheinlich fang ich jeden Augenblick an zu gähnen ...«

Sie gähnte, vielleicht absichtlich, und er fiel mit einem gespielten Gähnen mit ein und sie lachten zusammen, als wären sie alte Freunde und vielleicht sogar noch mehr. Das Klappern von Geschirr und Metalltabletts verklang in der Ferne, während sie zusammen die Cafeteria verließen und sich dabei unterhielten. Hinterher konnte er sich nicht mehr erinnern, worüber sie sprachen, er wusste nur noch, dass sie ihn mit einer gewissen Zärtlichkeit im Blick angesehen hatte. Er konnte sein Glück gar nicht fassen, dass er mit einem schönen Mädchen an der Seite den Gang entlangging.

»Ich freue mich, dass du wieder da bist«, sagte sie, als sie an ihrem Klassenraum angekommen war. »Vielleicht können wir uns in der Mittagspause mal zusammensetzen.«

Er schluckte und ging ein großes Wagnis ein. »Morgen?«

»Okay«, sagte sie und wurde tatsächlich rot. Ihre helle Haut wurde rosig, wunderschön rosig. Mit einem lieben Lächeln ging sie.

Mit Jubel im Herzen, zum ersten Mal seit langer Zeit wieder Licht in seinem Inneren anstelle von Dunkelheit, schlug er den Weg zu seiner Klasse ein. Ging an seinen Platz ohne sich den Kopf zu zerbrechen, ob ihn jemand ansah oder nicht. Setzte sich und klappte den Pultdeckel auf um sein Sozialkundebuch herauszuholen. Sah das Blatt Papier auf dem Buch, die Worte mit knalligen Buchstaben geschrieben:

Willkommen in der Schule,
Killer.

DRITTER
TEIL

Denny Colbert stand in der Wohnung in Barstow in der Küche und wartete darauf, dass das Telefon klingelte. Am Vortag hatte er zum zweiten Mal in seinem Leben den Hörer abgenommen und das Echo der seltsamen, vertraulichen Stimme hallte ihm immer noch im Kopf wider. Er war ganz aufgekratzt, schon allein deshalb, weil er jetzt endlich doch ans Telefon gegangen war, und er staunte darüber, dass er so lange damit gewartet hatte.

Er trat ans Fenster und schaute hinaus, schob die weißen Gardinen auseinander. Die Gegend, in die sie vor vier Monaten gezogen waren, bestand aus Wohnhäusern, einer Mischung aus Alt und Neu, mit gepflegten Rasenflächen vor den Häusern und kleinen Blumen- und Gemüsegärten dahinter.

Nichts Interessantes auf der Straße. Eine Frau führte eine Prozession von vier Kleinkindern an, die sich an einem Stück Wäscheleine fest hielten. In der ganzen Straße gab es nur einen einzigen Baum, ein dünner, erbärmlicher Ahornbaum, dessen Blätter schon jetzt im September zu welken begannen und sich an den Rändern braun färbten. Ihm fiel das Mädchen an der Bushaltestelle ein und er dachte an das, was sie über ihn und die Bäume gesagt hatte. Ob das Mädchen noch mal wieder kommen würde? Er hätte netter zu ihr sein sollen. Hätte höflicher sein sollen.

Ein Plumps auf der Veranda holte ihn an die Küchentür. Der *Barstow Patriot* lag in einer Plastikhülle auf dem Verandaboden.

Er hielt die Zeitung in der Hand, faltete sie aber nicht auseinander. In Gedanken war er bei der Schlagzeile einer anderen Zeitung vor langer Zeit, einer Schlagzeile, von der er geglaubt hatte, dass sie für immer und ewig der Vergangenheit angehörte, die jetzt aber wieder auftauchte und ihm in aller Deutlichkeit vor Augen stand:

HORROR DES GLOBE AUCH NACH 20 JAHREN NICHT VORBEI

Er war elf Jahre alt gewesen, als er erfuhr, dass sein Vater mit einer Katastrophe zu tun hatte, bei der zweiundzwanzig Kinder umgekommen waren. In einer Küche, die ganz ähnlich war wie diese hier, hatte er davon gelesen. Erschrocken darüber, das Foto seines Vaters in der Zeitung zu sehen, hatte er den Blick über die Sätze schweifen lassen und die grausamen Worte waren ihm entgegengesprungen – *Bombendrohungen in seiner Wohnung ... Telefonterror ... Drohbriefe und Beschimpfungen...*

Endlich hatte er das Geheimnis erfahren, das hinter den nächtlichen Anrufen stand, den mysteriösen Briefen, den häufigen Umzügen. Jetzt wusste er, warum sein Vater ständig die Arbeitsstelle wechselte. Und warum er selten lächelte und so strenge Regeln aufstellte. *Nicht ans Telefon gehen, Denny. Lass niemanden ins Haus. Sieh dich vor, wen du dir als Freund aussuchst.*

Denny schüttelte den Kopf darüber, dass er mit diesen Regeln gelebt hatte, keinen Verstoß wagte.

Bis gestern.

Aber ich bin jetzt sechzehn – ich möchte so leben wie andere in meinem Alter. Ans Telefon gehen, den Führerschein machen.

Er betrachtete das Telefon, das stumm und leblos dastand, und fragte sich, ob es wohl wieder klingeln würde. War sich nicht sicher, ob er das wollte. Himmel, was wollte er eigentlich?

Ich will raus hier.

Also schlüpfte er in seine Lederjacke, die Fliegerjacke, die er so gern trug. Zog den Reißverschluss zu. Dann zur Tür hinaus und die Treppe hinunter und auf die Straße. Stand unsicher da. Schaute auf die Uhr. Seine Mutter würde erst in anderthalb Stunden nach Hause kommen, sein Vater noch später.

Er fuhr mit dem Bus in die Innenstadt und ging von der Bushaltestelle zur Stadtbücherei. Der Geruch von Büchern wehte ihm entgegen, als er durch die Eingangstür trat, die automatisch zur Seite glitt. Er musste sofort an Chloe denken. Sie hatten sich immer in der Stadtbücherei von Bartlett getroffen und so getan, als hätten sie für die Schule zu tun. Manchmal arbeiteten sie auch wirklich für die Schule, und dann wieder schrieben sie sich Zettel und schoben sie auf dem blanken Eichentisch hin und her. Er wollte jetzt nicht an Chloe denken und versuchte die Gedanken auszuschalten, während er sich an der Informationstheke erkundigte, ob sein Leserausweis eingetroffen war. Noch nicht, sagte die junge Bibliothekarin. Sie war blond und bekam Grübchen, wenn sie lächelte. Ihr Lächeln ließ ihn innerlich erglühen, bis er bemerkte, dass sie jeden so anlächelte.

In der Krimi-Abteilung keine neuen Bücher von Ed McBain. Oder zumindest keine, die er noch nicht gelesen hatte. In der Bücherei herrschte das geschäftige Treiben nach Schulschluss.

In den Sonnenflecken, die in schrägen Strahlen durch die Fenster fielen, tanzten Staubteilchen. Die Erinnerung an Chloe und diese entsetzliche Schulaufführung krampfte ihm schmerzhaft das Herz zusammen. Bei der Aufführung wurden historische Ereignisse aus dem Worcestor County auf der Bühne dargestellt: die »Untergrund-Eisenbahn«, die Organisation, die vor dem Bürgerkrieg entlaufenen Sklaven half; Indianerüberfälle auf die Stadt Lancaster; der Tod des Wickburger Millionärs und Philanthropen Daniel S. Hobart beim Untergang der *Titanic* – und die Neuinszenierung vom *Globe Theater* in Wickburg, zweiundzwanzig Kinder, die dem Feuer und der einstürzenden Galerie zum Opfer fielen, erzählt von Chloe Epstein. Es kam zum Aufruhr, als Dennys Englischlehrer, Mr. Harper, aufsprang und die Darbietung öffentlich rügte. »Wisst ihr denn nicht, was ihr damit einem Schüler antut, der gleich hier im Publikum sitzt?« Und er zeigte auf Denny und setzte ihn, trotz seiner guten Absichten, gerade dadurch dem Rampenlicht aus.

Alle hatten sich hinterher entschuldigt, Chloe unter Tränen, der Hysterie nahe: »Ich bin nie auf den Gedanken gekommen deinen Vater mit der Katastrophe in Verbindung zu bringen...« – »Ich habe die Namensgleichheit für einen Zufall gehalten...« – »Es tut mir ja so Leid, so Leid...«

Selbstverständlich glaubte er ihr, aber das Unheil nahm seinen Lauf. Seine Zeit an der Bartlett Middle School war ein für alle Mal verdorben, als die Geschichte von Zeitungen und Fernsehen aufgegriffen wurde, und Denny war zutiefst erleichtert, als sein Vater sagte, dass sie fortziehen würden. In der Stadtbücherei von Bartlett, in der Stille eines Samstagnachmittags, hatte er in einem wilden Getuschel geschworen, mit Chloe in Verbindung zu bleiben, hatte gesagt, er würde ihr seine Adresse schicken. Aber das hatte er nie getan.

Er floh jetzt aus der Bücherei, vor den Erinnerungen und fuhr mit dem Bus zurück, blieb aber auf der Straße. Der Laden, der rund um die Uhr geöffnet war, lockte ihn an. Er ging hinein, kaufte ein *Snickers* und aß es, während er die Zeitschriften durchsah und dabei die Blicke des Geschäftsführers spürte, der an der Kasse saß und immer mal wieder zu ihm hinschaute.

Als er zur Tür ging, hörte er den Geschäftsführer sagen: »Du wohnst hier in der Gegend, stimmt's?«

Wie vom Donner gerührt blieb Denny stehen und sah, dass der Geschäftsführer gar nicht der Geschäftsführer war. Er hieß Dave und war, wie das Schildchen an seinem Revers verkündete, der »Stellv. Gschftsfr.«.

Gleichermaßen verwirrt und überrascht sagte Denny: »Ja, in dem grauen, dreistöckigen Haus weiter unten in der Straße...«

»Du suchst nicht zufällig einen Job, oder?«

Jetzt war er wirklich überrascht.

»Hier herrscht oft viel Betrieb«, fuhr Dave fort. »Ich bin selbst erst seit einem Monat da. Der Chef sucht ständig weitere Aushilfen, vor allem Leute aus der Gegend.«

»Ich hab noch nie in einem Laden gearbeitet«, sagte Denny und ärgerte sich sofort über sich selbst. Jetzt war nicht der richtige Zeitpunkt sich in ein schlechtes Licht zu rücken. »Ich hab überhaupt noch nicht gearbeitet. Bin gerade erst sechzehn geworden...« Halt bloß die Klappe, sagte er sich.

»Für diesen Job braucht man keine Erfahrung«, sagte Dave. »Das macht alles der Computer. Man tippt den Betrag ein und der Computer sagt einem, wie viel man herausgeben muss. Man braucht noch nicht mal zu rechnen. Diesen Job könnte selbst jemand machen, der im Kindergarten durchgefallen ist. Und die Bezahlung ist recht gut. Der Stundenlohn liegt fünfzig Cent über dem Mindestlohn. Und du kannst deine Arbeitszeiten selbst bestimmen...«

Er wollte schon sagen: Ich muss erst meinen Vater fragen. Stattdessen sagte er: »Ich muss mir das noch überlegen...«

»Okay«, sagte Dave. Er schien ein netter Kerl zu sein. »Der Chef ist in Ordnung, lässt einen weitgehend in Ruhe. Ich hab schon in vielen Läden gearbeitet und es gefällt mir hier. Ich glaube, dir würde es auch gefallen.«

Als ein Kunde hereinkam, zog Denny sich zurück und hatte dadurch die Möglichkeit, sich den stellvertretenden Geschäftsführer genauer anzusehen. An seinem Aussehen war irgendetwas Komisches. Denny konnte es nicht genau benennen. Aber dann wusste er es: die schwarzen Haare. Er trug eine Perücke. Das war daran zu erkennen, dass die Haare zu perfekt waren, zu schwarz, zu glänzend, wie Schuhcreme. Sie passten nicht zu den Augenbrauen. Große Überraschung: Er hatte gar keine Augenbrauen.

Offenbar hatte Dave bemerkt, dass er gemustert wurde. Als der Kunde gegangen war, fragte er: »Was hältst du von meinem Dach?«

»Welches Dach?«

Dave wies auf seinen Kopf und sagte: »Ich habe eine Chemotherapie hinter mir; dabei sind mir die Haare ausgefallen. Es heißt, dass sie dann besser denn je nachwachsen, aber nicht bei mir. Es wuchs büschelweise, an einzelnen Stellen. Deshalb hab ich mir das Dach besorgt. Keine Bange – es ist nicht ansteckend.«

»Was ist nicht ansteckend?«, fragte Denny verwirrt. Die plötzliche Wendung des Gesprächs war ihm unbehaglich.

»Das große K. Was ich habe. Es ist nicht ansteckend.«

Wie konnte er dabei so fröhlich sein?

»Hey, im Moment macht das K eine Pause«, sagte Dave lächelnd. Ein gespenstisches Lächeln. Diese Zähne, eine perfekte Reihe, gleichmäßig und strahlend weiß. Natürlich falsch. Aber das Lächeln wirkte echt.

Denny dachte, wie schrecklich es doch sein musste, »das große K« zu haben, sich einer Chemotherapie – so ein furchtbares Wort – unterziehen zu müssen und falsche Haare und falsche Zähne zu brauchen.

»Man muss froh sein über alles Positive, das man hat«, sagte Dave.

Was hat Dave an Positivem?, fragte sich Denny.

Jetzt kam ein ganzer Schwarm Kunden und Denny machte sich davon. Er war ganz atemlos. Die Langeweile des Nachmittags und das Unbehagen wegen des Anrufs fielen von ihm ab, während er sich eine Strategie überlegte, wie er seinem Vater die Erlaubnis abringen konnte, in dem Laden zu arbeiten.

»Ich habe einen Job«, verkündete Denny am Abendbrottisch. Die Worte platzten so spontan wie ein Niesen aus ihm heraus.

»Was hast du gesagt?«, fragte sein Vater und ließ seine Gabel fallen. Klirrend landete sie auf seinem Teller.

Sein Vater zeigte nur selten irgendwelche Gefühle und ließ sich

Überraschung oder Enttäuschung niemals anmerken. Aber mit dieser Ankündigung hatte Denny voll ins Schwarze getroffen. Sein Vater runzelte die Brauen, sodass sie einen dicken schwarzen Schnurrbart über den Augen bildeten.

»Ein Job«, sagte Denny. »In dem 24-Stunden-Laden oben in der Straße. Eine Teilzeitbeschäftigung, nach der Schule …«

Sein Vater stieß hörbar die Luft aus und sah Dennys Mutter an, als suchte er Unterstützung. Das war noch etwas Erstaunliches, denn normalerweise traf sein Vater alle Entscheidungen.

»Das haben wir noch nicht besprochen«, sagte sein Vater. Er sprach mit formvollendeter Höflichkeit, seine Augenbrauen befanden sich wieder an Ort und Stelle. »Das ist ein bedeutsamer Schritt, Denny. Du musst an die Schule denken, deine Noten, die Schularbeiten. Du hättest um Erlaubnis fragen müssen.«

Das Wort *Erlaubnis* wurmte Denny.

»Du sagst mir dauernd, dass ich Verantwortung übernehmen soll, dass ich jetzt ein junger Mann bin«, sagte er und zum ersten Mal in seinem Leben gestand er es sich zu, Zorn auf seinen Vater zu zeigen. »Aber wenn ich versuche Verantwortung zu übernehmen und mir zum Beispiel einen Job suche, wirst du sauer.«

»Ich bin nicht sauer«, sagte sein Vater. »Überrascht, ja. Und auch enttäuscht, weil du das nicht mit uns besprochen hast.«

»Wie kam es dazu?«, fragte seine Mutter ohne Tadel und Vorwurf in der Stimme. Als Denny sie ansah, glaubte er in ihren Augen so etwas wie Zustimmung zu lesen.

»Ich war heute Nachmittag im Laden und der stellvertretende Geschäftsführer hat mir einen Job angeboten. Er sagte, sie suchen jemanden, der hier in der Gegend wohnt.«

Sein Vater hatte seine Gabel nicht wieder in die Hand genommen. Das Essen lag unbeachtet auf seinem Teller. Sein Blick verriet, dass er mit den Gedanken weit weg war.

Denny war sich darüber im Klaren, dass er ihn getäuscht hatte. Noch nie zuvor hatte er seinen Vater angelogen, aber in diesem Augenblick fühlte er sich verwegen, voll getankt mit Energie. Ohne eine Spur von schlechtem Gewissen. Vielleicht würden die Gewissensbisse später kommen. Aber im Augenblick – zum Teufel mit dem, was danach kam.

»Sieh mal, Dad, ich kann mir jetzt selbst etwas verdienen. Ich muss nicht mehr um Taschengeld bitten.« Das war immer so demütigend, Woche um Woche Geld anzunehmen, wie eine Bestechung dafür, ein braver Sohn zu sein. »Ich kann fürs College sparen.« Das war ein bisschen zu hoch gegriffen, aber was soll's.

»Sehr schön, Denny«, sagte seine Mutter. Sie sah ihn an, mit einem leichten Lächeln, als fände sie die Bemerkung über das College erheiternd, spielte aber mit. »Ich bin überzeugt davon, dass du viel Erfolg haben wirst, ganz gleich, was du auch tust.«

Danke, Mom.

»Du wirst wohl *wirklich* erwachsen«, räumte sein Vater ein und nickte resigniert.

Denny wusste, dass er gewonnen hatte. Zum ersten Mal in seinem Leben hatte er über seinen Vater triumphiert. Er holte tief Luft und konzentrierte sich auf seinen Teller. Ihm war bewusst, dass seine Eltern ihn auf eine Weise ansahen, wie sie ihn noch nie angesehen hatten. Seltsamerweise empfand er in diesem Augenblick unendlich viel Zärtlichkeit und Liebe für sie. Aber das hinderte ihn nicht daran, insgeheim zu denken:

Nächster Schritt – mein Führerschein.

Das Mädchen stand ganz hinten an der Bushaltestelle und schaute zur anderen Straßenseite, als ginge dort etwas Hochinteressantes vor sich. Denny folgte ihrem Blick und konnte nichts Ungewöhnliches entdecken: Wohnhäuser; Leute, die zur Arbeit gingen; ein Obdachloser, der einen Einkaufswagen mit seinen Besitztümern vor sich herschob. Alles im Schnelltempo.

Die Haare des Mädchens waren zu einem Pferdeschwanz nach hinten gekämmt. Dadurch wurden ihre hohen Backenknochen betont. Sie war noch schöner als beim letzten Mal.

Denny fragte sich, ob er sie ansprechen sollte. Sich bei ihr entschuldigen. Er wollte seine Aussicht auf einen Job feiern, wollte sein Glück mit jemandem teilen.

»Hey, Denny, deine Freundin ist da«, schrie Dracula.

Denny ignorierte den Jungen, aber seine Backen wurden heiß. Das Mädchen wandte nicht den Kopf und gab keinen Kommentar ab, obwohl sie das kleine Monster bestimmt gehört hatte.

»Hey, Denny, ich glaub, sie mag dich nicht mehr«, rief Dracula.

Der peinliche Augenblick ging vorüber, als das übliche Gerangel losging. Zwei Monster, die sich gegenseitig schubsten und stießen. Dracula begann einen Jungen zu treten, den Denny noch nie gesehen hatte – ein kleines, mageres Bürschchen, das sich verzweifelt auf dem Pflaster wälzte und sich den Bauch hielt.

»Okay, Schluss damit«, schrie Denny und zog die Jungen voneinander weg.

Bevor er weitere Maßnahmen ergreifen konnte, kam der Bus inmitten eines Rülpsers von Auspuffgasen.

Denny half dem neuen Jungen hoch. Der Junge, ungefähr zehn Jahre alt, versuchte das Weinen zu unterdrücken, obwohl die Tränen bereits Spuren auf seinen Wangen hinterlassen hatten. Er wich zurück, als Denny ihm die Jacke abputzen wollte.

»Lass mich in Ruhe«, sagte er.

Typisch, dachte Denny. Er hat's schon früh gelernt.

Denny stieg als Letzter ein. Nachdem er dem Fahrer seinen Ausweis hingehalten hatte, warf er einen schnellen Blick den Gang entlang und sah, dass sich das Mädchen auf einen der hinteren Plätze setzte. Ob er die Traute hatte?

Er fühlte sich verwegen, als er nach hinten ging und sich neben dem Mädchen niederließ. Ihre Tasche stand zwischen ihren Beinen auf dem Boden. Das munterte ihn auf. Wenn sie allein sitzen wollte, hätte sie die Tasche neben sich auf den Sitz gestellt.

Und wie weiter?

Sie überraschte ihn damit, dass sie als Erste das Wort ergriff.

»Ich habe gesehen, wie du der Schlägerei ein Ende gemacht hast. Geht das nicht gegen deine Prinzipien?«

»Du hast mir neulich ein gutes Beispiel gegeben«, sagte er und hoffte ihr damit eine gute Antwort gegeben zu haben.

Sie sagte nichts dazu.

»Ich bin wirklich keiner von den bösen Kerlen.«

Immer noch keine Antwort.

»Ich gebe mir Mühe mich zivilisiert zu verhalten.« Mit Betonung auf *zivilisiert.*

Ein kleines Lächeln zuckte um ihre Mundwinkel.

Aber sie sah ihn immer noch nicht an.

»Ich überlege mir eine Petition einzureichen«, sagte er. »Vielleicht würdest du sie ja unterschreiben?«

»Was für eine Petition?«

»Eine Petition an die Elektrizitätswerke, dass sie die Leitungen unterirdisch verlegen. Damit sie keine Äste mehr abhacken.« Übertrieb er das mit den Bäumen? Aber das war der einzige Pluspunkt, den er bei ihr hatte. »Außerdem wäre das bei Sturm günstiger. Unterirdischen Leitungen könnten umgestürzte Bäume oder heruntergerissene Äste nichts anhaben. Es würde bei niemandem mehr das Licht ausgehen.« Dann versuchte er einen Scherz: »Du müsstest dann nicht bei Kerzenlicht fernsehen.« Den Spruch hatte er irgendwo mal gehört – hoffentlich hörte er sich gescheit an.

Sie sah ihn an. »Heute bist du wohl Dr. Jekyll.«

»Soll das heißen, dass ich neulich Mr. Hyde war?«

Ihr Gesicht wurde ernst. Die grauen Augen sahen ihn forschend an und wurden plötzlich blau.

»Welcher ist der echte …?« Sie ließ den Satz in der Luft hängen.

»Denny Colbert«, sagte er. »Eigentlich heiße ich Dennis. Mein Vater stammt aus Kanada. Mein Name sollte amerikanisch klingen und aus irgendeinem Grund hielt mein Vater Dennis für den Inbegriff eines amerikanischen Namens.« Es gefiel ihm, dass er das Wort *Inbegriff* angebracht hatte. Gleichzeitig kam er sich jedoch lächerlich vor, denn er merkte selbst, dass er zu viel redete.

»Ich heiße Dawn«, sagte sie. Und buchstabierte den Namen: »D-A-W-N.«

Dawn. Die Morgenröte – wunderschön. So wie sie. Ein Sonnenaufgang, voller Hoffnung. Dawn. »Das ist ein sehr schöner Name«, sagte er.

»In Wirklichkeit heiße ich Donna, aber das hasse ich. In dem Jahr, in dem ich zur Welt kam, bekamen alle Mädchen entweder den Namen Donna oder Debbie. Also hab ich ihn abgeändert. Ich meine, eines Tages, als ich elf Jahre alt war, hab ich in den Spiegel gesehen und gedacht: Ich bin keine Donna – ich bin eine Dawn …«

Er entspannte sich. Schon bald verlor er ihr gegenüber seine Befangenheit und sie konnten sich ganz locker unterhalten. Gleich zu Anfang erfuhr er, dass sie etwas gemeinsam hatten: Auch sie war neu in Barstow. Ihr Vater war von Rhode Island hierher versetzt worden, als seine Maschinenbaufirma im Landesinneren von Massachusetts neue Gebiete erschloss. Sie sagte, dass sie Schwierigkeiten hätte

Freundinnen zu finden. Ihrer Meinung nach neigten Mädchen mehr zum Snobismus als Jungen. Beäugten sich kritischer. Nahmen Neulinge nicht so leicht auf.

»Oder gehe ich mit meinem eigenen Geschlecht allzu streng ins Gericht?«

»Ich weiß nicht«, sagte er. »Meine Familie zieht häufig um. Ich war schon auf drei Schulen. Deshalb versuche ich erst gar nicht mehr Freundschaften zu schließen. Heute hier, morgen dort.« Das hörte sich verlogen und übertrieben an, war aber die Wahrheit. Nur nicht die ganze Wahrheit.

Sie stellte die verhängnisvolle Frage, die – das hätte er längst voraussehen müssen – jetzt fällig war.

»Warum seid ihr so oft umgezogen? Hat das mit der Arbeit deines Vaters zu tun?«

Er nickte. »Mein Vater wird unruhig, wenn er zu lange an einem Ort ist.« Eine dicke Lüge. »Er reist gern.« Eine faustdicke Lüge. »Aber hier in Barstow möchte er sich auf Dauer niederlassen.« Das immerhin stimmte. »Er hat eine neue Stelle, die ihm gut gefällt, mit Aufstiegsmöglichkeiten für die Zukunft.« Halb gelogen und halb wahr.

»Was macht er denn?«

Warum hab ich mich bloß zu ihr gesetzt?

Aber er wusste, warum: Sie war schön. Noch nie hatte er solche Augen wie ihre graublauen gesehen.

»Er hat mit Plastik zu tun.« Die Antwort war ungefährlich. In Barstow hatte die Hälfte der Arbeiterschaft mit Plastik zu tun. Die Fabriken überschwemmten die Welt mit Millionen von Plastikartikeln, von Spielsachen bis zu Bürogeräten. »Er ist Experte für die Maschinen, die das Plastik in Form pressen. Wenn sie kaputtgehen, repariert er sie.«

Sie verstummten und ließen die Welt von Barstow an sich vorbeiholpern. Eigentlich ein herrlicher Tag – strahlender Sonnenschein ergoss sich über die Fensterscheiben. Die Welt innen im Bus war verschwunden. Ihr Sitz war eine Insel, eine Oase, die mit allem anderen keine Verbindung mehr hatte.

Wie er erfuhr, wohnte sie im selben Stadtteil wie er. Er erzählte ihr, dass er vielleicht einen Job bekam. Sie sagte, dass sie manchmal in den 24-Stunden-Laden geschickt wurde, wenn ihre Mutter im Supermarkt etwas vergessen hatte. Sie war im zweiten Jahr an der Barstow Highschool, die Schule war ganz in Ordnung, aber nichts Besonderes. Sie fragte ihn nach der Normal Prep. »Soviel ich gehört habe, ist es dort *a*normal«, sagte sie. Ein Scherz.

»Genau meine Rede«, sagte er. Sie unterhielten sich wie alte Freunde. Er war total verliebt, mit weichen Knien und Schmetterlingen im Bauch.

Plötzlich war der Bus an der Barstow High. Dawn hob ihre Schultasche hoch und stand auf.

Er schluckte schwer und ergriff die Gelegenheit beim Schopf. »Sehen wir uns morgen?«

»Oh«, sagte sie erschrocken, »das wohl nicht. Normalerweise fährt mich mein Vater in die Schule. Er kommt zur gleichen Zeit hier vorbei wie der Bus. Ich nehme nur dann den Bus, wenn mein Vater verreist ist.«

»Ach.« Kam sich blöd vor, mit offenem Mund.

»Bis dann mal«, sagte sie.

Sie hängte sich die Tasche über die Schulter und ging zur Tür. Am liebsten hätte er sie zurückgerufen, ihr etwas gesagt, sie aufgehalten. Aber das tat er nicht. Und dann war sie fort.

Erst später ging ihm auf, dass er weder ihren Nachnamen noch ihre Adresse wusste.

Von da an wurde der Tag nicht gerade besser.

In der Mittagspause saß er am Spielfeld auf der Zuschauertribüne.

Plötzlich hörte er von unten Geräusche: Schlurfen, ein gequälter, protestierender Aufschrei, ein dumpfer Schlag. Er ging zum Rand der Tribüne, lugte um die Ecke und sah, etwa zehn Meter entfernt, zwei Normal-Prep-Schüler, die sich ganz und gar nicht normal benahmen: Sie schlugen einen dritten Schüler zusammen. Das heißt, sie schlugen ihn nicht gerade zusammen, aber sie schubsten und stießen ihn kreuz und quer durch die Gegend. In dem Opfer erkannte Denny einen Jungen aus seinem Geschichtskurs: Lawrence Hanson.

Die Szene war grotesk: Drei Typen in der Schuluniform der Normal Prep, ordentlich gekleidet, sauber und anständig, führten sich wie die schlimmsten Raufbolde auf. Fasziniert, mit wild klopfendem Herzen, sah Denny zu. *Ich sollte machen, dass ich hier wegkomme.* Ging aber nicht. Er konnte sich einfach nicht losreißen, so wie es Zuschauern bei einem Unfall oft geht.

Lawrence Hanson wehrte sich nicht, als der größere der beiden Angreifer dazu überging, ihn ins Gesicht zu schlagen. Erst auf die eine Wange, dann auf die andere. Lawrence ließ die Arme hängen. Rote Flecken zeichneten sich auf seinen Backen ab. Der zweite Angreifer kam dazu und begann Lawrence gegen die Brust zu stoßen. Lawrence stolperte rückwärts, steckte die Schläge aber weiterhin ein. *Warum schlägt er nicht zurück?*

In diesem Augenblick sah Lawrence in Dennys Richtung und ihre Blicke trafen sich. Auf die Entfernung war sich Denny nicht sicher, was er in dem Blick las. Angst, klar. Zorn? Denny wandte sich ab. *Das geht mich nichts an, es hat nichts mit mir zu tun.* Er verschwand von der Tribüne. Stolpernd und strauchelnd ging er zum Schulgebäude zurück und versuchte dabei, den Ausdruck in Lawrence Hansons Augen zu deuten.

Später, zwischen Sozialkunde und Mathematik II, zwei Kurse, die er nicht zusammen mit Lawrence Hanson hatte, kam er ihm auf dem Gang entgegen. Er sah recht normal aus, bis auf eine kleine Schwellung am linken Auge. Denny machte den Mund auf, wollte etwas sagen – aber was? Einen qualvollen Augenblick lang standen sie sich von Angesicht zu Angesicht gegenüber. Der Zorn, der in Hansons Augen lag, überraschte Denny. Hanson sah ihn an, als ob Denny der Feind wäre und nicht die beiden Typen, die über ihn hergefallen waren. Gut, Denny war einfach weggegangen, aber Hanson hatte sich nicht zur Wehr gesetzt. *Ich habe nichts weiter getan als mich um meinen eigenen Kram gekümmert.*

Als Denny nach dem Unterricht den Hof überquerte, sah er Jimmy Burke auf sich zukommen. Zurzeit wollte er keine Begegnung mit ihm. Hatte keine Antwort parat. Jetzt noch nicht, falls überhaupt jemals. Denny änderte die Richtung und schlug den Weg zum Verwaltungsgebäude ein, als hätte er eine wichtige Nachricht zu überbringen. Er bildete sich ein, Jimmy Burke rufen zu hören, ging aber weiter.

Im Bus sackte er auf seinem Platz zusammen. Er war niedergeschlagen und zornig, ohne so recht zu wissen, warum oder auf wen er zornig war.

Anstatt einen Lichtblick zu bieten, setzte Denny ein Besuch im 24-Stunden-Laden einen weiteren Dämpfer auf. An der Kasse fand er einen älteren Herrn vor, mit einem kahlen Schädel, der von einem Kranz aus grauen Haaren umgeben war. Vermutlich der Besitzer. Denny wartete, bis die Kunden gegangen waren. Erst dann trat er näher. Er räusperte sich und hoffte, dass seine Stimme nicht verraten würde, wie aufgeregt er war.

»Ich heiße Denny Colbert«, sagte er. »Der stellvertretende Geschäftsführer hat mir gesagt, dass ich hier vielleicht arbeiten kann.«

»Ach ja«, sagte der Mann stirnrunzelnd. »Ich bin Arthur Taylor – der Laden gehört mir. Dave hat mir von dir erzählt.« Er kratzte sich den kahlen Kopf. »Dave ist sehr engagiert. Aber manchmal geht die Begeisterung mit ihm durch. Sicher, wir haben hier ganz schön Betrieb, aber im Augenblick sind keine Stellen offen. Wie alt bist du denn?« Das alles wurde in einem einzigen Atemzug hervorgestoßen.

»Sechzehn.« Vor lauter Enttäuschung wäre er fast ins Stottern geraten.

»Also, das läuft so, Denny. Ich bin auf der Suche nach älteren, erfahrenen Leuten. Ein solcher Job ist mit großer Verantwortung verbunden. Manchmal muss man allein hier arbeiten. Und man kann nie wissen, wer zur Tür hereinkommt.« Er legte eine Pause ein. Offenbar hatte er Dennys Enttäuschung bemerkt, denn er sagte: »Tut mir Leid, Junge.« Freundlich, teilnahmsvoll. Und dann mit einem Seufzer: »Okay, du kannst ja ein Bewerbungsformular ausfüllen. Vielleicht habe ich mal was für dich.«

Denny nahm das Formular entgegen und legte es in eins seiner Bücher. Er hatte den Verdacht, dass der Ladenbesitzer ihn auf die sanfte Tour loswerden wollte. Ein freundlicher Mann, der aber keinen Job zu vergeben hatte.

»Der gute, alte Dave«, sagte Mr. Taylor kopfschüttelnd. »Ich nehme an, er hat Gefallen an dir gefunden. Schau ab und zu mal vorbei, mein Junge. Aber versprechen kann ich dir nichts.«

Denny war froh, als eine Kundin hereinkam und er sich aus dem Staub machen konnte.

Als er zu Hause war und sich gerade ein Glas Orangensaft eingoss, klingelte das Telefon. Langsam trank er den Saft und lauschte dem Klingeln. Zählte mit, wie üblich. Wenn es über zehn hinausgeht, nehme ich ab, dachte er.

Er ging auf das Telefon zu und zählte dabei: Acht, neun. Als er die Hand ausstreckte um nach dem Hörer zu greifen, hörte das Klingeln auf. Er nahm dennoch ab und lauschte dem Freizeichen, spürte dabei einen Stich, als hätte er einen Verlust erlitten, ohne jedoch eine Vorstellung davon zu haben, was er verloren haben könnte.

Am nächsten Nachmittag, als er an seinem Schreibtisch saß und über eine mathematische Frage nachgrübelte, die in seinem Leben außer für die Note auf seinem Zeugnis keinerlei Bedeutung hatte, hörte er jemanden an die Hintertür klopfen. Ein lautes, beharrliches Klopfen. Dann Stille. Er wartete, den Stift schreibbereit über der Seite. Das Klopfen fing wieder an. Er ließ den Stift fallen und ging in die Küche. Seit sie nach Barstow gezogen waren, hatten seine Eltern und er keinen Besuch bekommen. Kein UPS-Bote hatte ein Paket abgeliefert. Die Post wurde auf der Veranda im ersten Stock in einen genormten Metallkasten geworfen.

Wieder Klopfen. Eins, zwei, drei, vier.

Eine gedämpfte Stimme klang durch die Tür hindurch. Denny spitzte die Ohren. Hörte die Stimme sagen: »Es ist wichtig. Machen Sie bitte auf.«

Eine Männerstimme. Keine Frauenstimme. Eindeutig nicht die Stimme einer Frau. Nicht die Anruferin. Unsicher blieb er am Küchentisch stehen. Er wollte die Tür nicht öffnen. *Wer weiß, wer da hinter der Tür steht?*

Mach kein solches Drama daraus, hielt er sich selbst vor. Es ist heller Nachmittag und jemand klopft an die Tür, das ist alles. Könnte ein Vertreter sein. Oder ein Nachbar, der dringend Hilfe braucht. Was hatte der Anklopfer gesagt? *Es ist wichtig. Machen Sie bitte auf.*

Denny öffnete die Tür. Nur einen Spalt. Lugte misstrauisch durch die schmale Öffnung. Sah einen Herrn in den besten Jahren, mit Hornbrille, grauen Haaren, die Jackentasche voll gestopft mit Bleistiften und Kugelschreibern. Wusste auf der Stelle, um wen es sich handelte: ein Reporter. Dachte an die Anordnung seines Vaters: *Erzähl ihnen nichts, wenn sie Kontakt zu dir aufnehmen. Sag niemals Ja. Immer Nein. Oder: Weiß ich nicht.*

»Ist Mr. Colbert da?«, fragte der Reporter.

Denny schüttelte den Kopf und begann die Tür zu schließen.

»Augenblick noch … Weißt du, wann er wiederkommt?«

Die Dringlichkeit, die der Reporter an den Tag legte, ließ Denny zögern. Und es war noch mehr als das: Der Reporter machte einen sympathischen Eindruck. Sah müde aus. Triefäugig, als hätte er in der vergangenen Nacht nicht geschlafen. Denny kannte diesen Ausdruck, hatte ihn im Gesicht seines Vaters gesehen.

»Weiß ich nicht«, sagte Denny. Eine blöde Antwort. Natürlich wusste er, wann sein Vater wiederkommen würde. *Nach der Arbeit.* Die Frage war genauso blöd. Der Reporter müsste eigentlich wissen, dass sein Vater bei *Madison Plastics* arbeitete und man ihn nicht mitten am Tag zu Hause antreffen würde.

»Eigentlich wollte ich mit *dir* reden«, sagte der Reporter. »Du bist Dennis Colbert, nicht wahr? Ich komme vom *Wickburg Telegram.*«

»Tut mir Leid«, sagte Denny. »Keine Zeit.« Und er zog die Tür weiter zu.

»Warte noch«, sagte der Reporter. »Ich möchte gerne helfen. Ich möchte euch beiden helfen, dir und deinem Vater.«

»Wir brauchen Ihre Hilfe nicht«, sagte Denny. Ausgelöst wurde seine Antwort durch die Erinnerung an die knallige Schlagzeile und den Artikel, der vor Jahren im *Telegram* erschienen war. Vielleicht hatte dieser Reporter die Schlagzeile, den Artikel verfasst.

»Ich glaube doch«, sagte der Reporter. Aber sein Tonfall war freundlich, nicht drohend. Außerdem klang er müde und erschöpft. Seufzend fragte er: »Würdest du mich bitte mal einen Augenblick anhören?«

Denny wollte die Tür schließen, aber die Neugier war stärker. Vielleicht konnte der Reporter ihm Dinge erzählen, in die sein Vater ihn nie eingeweiht hatte. Und vielleicht konnte er ja wirklich helfen.

»In ein paar Wochen werden über die Katastrophe im *Globe* große Reportagen erscheinen«, sagte der Reporter. »Dein Vater spielt eine wichtige Rolle in dieser Geschichte. Meine Zeitung ist die größte in

Worcester County, Dennis. Und mein Chefredakteur will aufs Ganze gehen. Er hat mir die Leitung eines ganzen Teams übertragen, das an dieser Reportage arbeitet. Wir machen Interviews mit Überlebenden. Spüren Angehörige der Opfer auf. Aber mein Chefredakteur will auch Sensationsmeldungen haben. Weißt du, was das bedeutet, Dennis?«

Denny gab keine Antwort.

»Sensationsmeldungen sind eine miese Form der Nachrichtenübermittlung. Im Fernsehen hat das angefangen. Klatsch und Tratsch ... je schlimmer, desto besser. *Hintergrundreportagen. Die ganze Wahrheit.* Da gibt es keine Grenzen mehr, Junge. Je schmutziger, desto besser. Und die Zeitungen müssen bei diesem dreckigen Schmierenjournalismus mithalten. Von denen, die an diesem Skandal beteiligt waren, ist dein Vater als Einziger noch am Leben – der Besitzer des *Globe* ist tot, der Sicherheitsbeauftragte ist tot, sogar der ermittelnde Kriminalbeamte ist tot. Bleibt also nur noch dein Vater. Und das Problem ist, dass dein Vater nichts sagt. Wenn jemand ihn aufspürt, sagt er immer nur: ›Kein Kommentar.‹ Das macht ihn zum Freiwild. Und, offen gesagt, ich glaube, diesmal wird es brutal. Für ihn, für deine Mutter, für dich. Es ist der fünfundzwanzigste Jahrestag.«

Die Art, wie der Reporter sprach, ruhig und voller Mitgefühl, stand in krassem Gegensatz zu seinen Worten.

»Was kann ich tun?«, fragte Denny. Und hatte dabei das Gefühl, dass die Frage sinnlos war.

»Dein Vater hat in all diesen Jahren nie ein Interview gegeben. Dafür achte ich ihn. Aber das bedeutet auch, dass er nie seine Version der Geschichte erzählt hat. Die menschliche Seite. Die Leute haben nie erfahren, was für ein Mensch er ist. Was für eine Familie er hat. Vielleicht kann uns ein Bericht von dir seine menschliche Seite zeigen. Es könnte ihm helfen, wenn du uns etwas über ihn erzählst. Was meinst du dazu, Dennis?«

»Ich weiß nicht, was ich sagen soll«, sagte Denny. »Mein Vater hat mich immer angewiesen mit niemandem darüber zu reden. Ich soll noch nicht mal ans Telefon gehen.«

In den Augen des Reporters glomm ein Funke auf. »Das ist genau das, was ich brauche. Dass er dich schützen will, *seine Familie beschützt*. Das kann der Öffentlichkeit ein ganz anderes Bild von deinem Vater vermitteln. Im Augenblick können sich viele Menschen keinen Reim auf ihn machen. Er ist geheimnisumwittert und deshalb ist es leicht, ihn zum Sündenbock zu stempeln. Wir können das ins Gegenteil verkehren. Unsere Reportage könnte die erste sein, die eine neue Richtung bestimmt, auch für andere Zeitungen, für Funk und Fernsehen ...«

»Ich weiß nicht«, sagte Denny. Er befürchtete an seinem Vater Verrat zu begehen, wenn er mit diesem Reporter sprach.

»Wie heißen Sie?«, fragte er um Zeit zu gewinnen. Irgendetwas musste er ja sagen.

»Les Albert.« Der Reporter suchte in seinen Taschen und förderte eine schlaffe, beschmierte Karte zu Tage. »Hier ist meine Karte. Mit der Telefonnummer vom *Telegram*. Überleg's dir, Dennis. Ruf mich an. Ein R-Gespräch, ich übernehme die Kosten. Wenn ich nichts von dir höre, schau ich mal wieder vorbei. Aber wir sollten nicht zu viel Zeit verstreichen lassen.«

»Ich weiß nicht«, sagte Denny. Ihm war bewusst, dass er sich wiederholte und einen ziemlich schwerfälligen und dummen Eindruck machen musste. Doch der Reporter mit seinen traurigen, rot geränderten Augen wirkte verständnisvoll.

»Vertrau mir«, sagte Les Albert. »Ich mein's ehrlich.«

Das ist das Problem, dachte Denny, als er die Tür schloss. Konnte er ihm wirklich vertrauen?

Er lauschte, wie sich die Schritte des Reporters entfernten, hörte das Öffnen und Schließen der Verandatür. Im Wohnzimmer schaute er zum Fenster hinaus und wartete geduldig. Nach einigen Minuten kam Les Albert aus dem schattigen Dunkel der Einfahrt hervor und ging zu seinem Wagen, der am Straßenrand parkte. Ein altes Modell, unauffällig, die Farbe ein verblichenes Grün. Les Albert holte eine Kamera aus dem Wagen und richtete sie auf das Haus. Denny wich zurück, zog die Gardine wieder zurecht. Obwohl er nicht zu sehen war, fühlte er sich schutzlos den Blicken ausgesetzt.

Er zog die Karte des Reporters aus der Tasche und setzte dazu an, sie zu zerreißen, hielt dann aber inne. Holte Klebeband aus seiner Schreibtischschublade und reparierte die Karte wieder, steckte sie dann in seine Brieftasche.

Am nächsten Tag hörte er wieder ein Klopfen, diesmal, als er am 24-Stunden-Laden vorbeiging. Er drehte sich um und sah Dave, den stellvertretenden Geschäftsführer, ans Schaufenster klopfen und ihn herbeiwinken. Denny zögerte, trat dann aber ein.

»Das mit deinem Job tut mir Leid«, sagte Dave. »Mir war nicht klar, dass Mr. Taylor keine Jugendlichen einstellt.« Er befühlte sein Dach, als wollte er sich vergewissern, dass es noch da war.

»Schon gut«, sagte Denny, obwohl das nicht stimmte. Er hatte das Gefühl, dass Dave ihn irgendwie verraten hatte.

»Klingt nach Jugenddiskriminierung, was?«, sagte Dave, der offensichtlich bemüht war sich freundschaftlich zu geben.

Denny war nicht nach Freundschaft zumute. »Vielleicht sollte ich deswegen vor Gericht gehen«, sagte er. Ihm war eingefallen, dass sie in Sozialkunde eine ganze Woche lang das Thema »Unsere prozesssüchtige Gesellschaft« behandelt hatten. »Und eine Million Schadenersatz verlangen.«

»Ich würde einen prima Zeugen für dich abgeben«, sagte Dave munter.

Darüber mussten sie beide lachen. Beim Anblick von Daves erbärmlicher Perücke, die ihm wie ein schwarzer Pfannkuchen am Kopf klebte, den falschen Zähnen und seinen um Verzeihung bittenden Augen konnte Denny ihm nicht mehr böse sein.

»Ich finde, du solltest zwei Millionen Dollar verlangen«, sagte Dave.

»Oder drei«, setzte Denny hinzu.

Das war alles so absurd, dass sie wieder anfingen zu lachen. Denny fühlte sich zu dem fremden Mann hingezogen. Er beschloss eine Weile im Laden zu bleiben. An den langen Nachmittagen nach der Schule hatte er sonst ohnehin niemanden zum Reden.

Jeden Sonntag ging Denny mit seiner Mutter in die Kirche. Sein Vater ging nie zur Messe.

»Warum nicht?«, fragte Denny, als sie zur St.-Martins-Kirche gingen.

»Dein Vater ist auf seine eigene Art religiös«, sagte seine Mutter. »Er geht nicht in die Kirche, aber er betet.« Eine Weile schwieg sie und dann fuhr sie fort: »Ich glaube, Denny, er hat seine eigene Kirche: den Friedhof von Wickburg, auf dem die meisten der Kinder begraben sind, die im *Globe* umkamen. Früher ist er jeden Samstag für ein paar Stunden verschwunden, auch damals, als wir in Bartlett wohnten. Schließlich hat er mir gesagt, wo er dann hinging. Auf den Friedhof. Dort hat er für die Seelen der Kinder gebetet. Das ist seine Kirche, Denny. Dieser Friedhof.«

Plötzlich nahm eine Erinnerung Gestalt an.

»Als ich noch klein war, hat er mich mal mitgenommen«, sagte Denny. »Ich weiß noch, dass wir uns hinknieten. Und dass er Tränen in den Augen hatte. Aber er hat mir nicht erklärt, wieso wir dort hingegangen sind. Ich kann damals nicht älter als fünf oder sechs gewesen sein ...«

»Ab und zu geht er immer noch dorthin, Denny.« Seine Mutter berührte ihn an der Schulter, als wollte sie zwischen sich und ihm eine Brücke bauen, die sich bis zu seinem Vater erstreckte. »Er ist so ein guter Mensch, dein Vater. Er ...« Sie zögerte.

»Was?«, fragte Denny. »Er ... was?« Er spürte, dass seine Mutter noch mehr sagen wollte.

»Ich habe an diesen schrecklichen Tag im *Globe* gedacht. Damals habe ich ihn zum ersten Mal gesehen. Er war nicht so wie die anderen Jungs in der Schule oder die Nachbarjungs. Er schien wirklich Anteil zu nehmen. Er hat sich Mühe gegeben mit den Kindern und sogar mit uns, den Aushilfskräften. Er war ...« Sie legte eine Pause ein, als suchte sie nach dem richtigen Wort: »Nett. Ich weiß, das hört sich nicht großartig an, Denny. Aber es ist genau das, was dein Vater war und immer noch ist – ein netter Kerl.«

Sie blieb stehen, wandte sich zu ihm um. »Ich habe ihm nie erzählt, was ich an jenem Tag gesehen habe. Ich sah die Galerie herunterkrachen. Sah ihn mit hinunterstürzen, sah, wie er unter all dem Schutt begraben wurde. Ich dachte, er wäre tot, dieser nette Kerl, den ich gerade erst kennen gelernt hatte. Später, als ich erfuhr, dass er am Leben war, und davon hörte, was die Leute ihm vorwarfen, habe ich ihm einen Brief geschrieben ...«

»Und der Rest ist in die Geschichte eingegangen, stimmt's?«, sagte er. Er sprach leichthin, war aber seltsam gerührt, dass seine Mutter ihn an dieser Erinnerung teilhaben ließ.

Plötzlich kam Wind auf und sie gingen schneller. Seine Mutter sah zum klaren, blauen Himmel empor. »Ach, Denny, vielleicht wird es dieses Jahr anders. Vielleicht wird es nicht so wie in den anderen Jahren ...«

Denny sagte nichts, wollte diesen wunderbaren Augenblick auf dem Weg zur Kirche nicht verderben.

Das Telefon klingelte jetzt fast jeden Nachmittag, aber Denny ignorierte es und setzte seine alten Schutzstrategien ein: drückte im Bad auf die Klospülung, drehte das Radio laut auf oder verließ, als letztes Mittel, die Wohnung.

Auf der Straße standen mehrere Möglichkeiten zur Auswahl, von denen aber keine besonders aufregend war. Ein paar Mal lief er die Straßen der Umgebung ab, begann mit den angrenzenden und dehnte seine Wege dann weiter aus, auf der Suche nach Dawn, seiner verschwundenen Freundin aus dem Bus. In gewisser Hinsicht war das natürlich lächerlich. Es war höchst unwahrscheinlich, dass er sie zufällig treffen würde, außer er hätte das unverschämte Glück, genau in dem Augenblick an ihrem Haus vorbeizugehen, wenn sie zur Tür herauskam oder auf dem Rasen das Laub zusammenrechte.

Die meisten Rasenflächen und die Bürgersteige waren von Blättern übersät. Einige waren mit ihren grellen Farben wunderschön, aber Denny reagierte nicht auf ihre Schönheit. Herbstlaub bedeutete Oktober und Oktober bedeutete Halloween und damit auch den kommenden Jahrestag. Schon bald würden Halloween-Dekorationen zu sehen sein und auch die würde er ignorieren.

Obwohl er die Hoffnung auf eine Anstellung aufgegeben hatte, schaute er nach der Schule meistens im 24-Stunden-Laden vorbei. Manchmal war Dave nicht da. Oder er hatte zu viel zu tun um sich unterhalten zu können. Es kam auch vor, dass er unkonzentriert und in sich gekehrt wirkte, als hätte er den Kopf voller Probleme. Aber dann wieder begrüßte er Denny herzlich und konnte sehr unterhaltsam sein.

Einmal erzählte er Denny, dass er viel reiste, im Urlaub oder wenn er gerade keine Arbeit hatte, und dabei einem Hobby nachging: Er suchte in der ganzen Welt nach ungewöhnlichen Denkmälern. Die von Generälen und Politikern verschmähte er, wie er sagte, aber er liebte zum Beispiel ein Standbild in Irland, in Dublin, von einer Frau, die an einem Karren stand und Fische verkaufte.

»Stell dir nur mal vor, Denny: ein Standbild von Molly Malone, die in dem Lied besungen wird: *who wheeled her wheelbarrow through streets broad and narrow* ...« Er sang mit hoher Tenorstimme und vergaß dabei ganz, sich an sein Dach zu fassen. Die falschen Zähne jedoch blitzten und funkelten im Licht der Leuchtstoffröhren.

Hin und wieder sah Denny zum Schaufenster hinaus und hoffte, dass Dawn sich dem Laden näherte. Oder er schaute voller Erwartung zur Tür, wenn sie aufging, und hoffte Dawn hereinkommen zu sehen.

In der Schule versuchte er, nicht weiter aufzufallen. Kümmerte sich um seinen eigenen Kram, wie gewöhnlich. Mied nach dem Mittagessen die Zuschauertribüne und suchte sich eine stille Ecke zum Lernen. Lernen, vor allen Dingen seine Hausaufgaben machen – das war wichtig. Alle Informationen parat zu haben, so dass er bei den Klassenarbeiten gut abschnitt; die Antworten zu wissen, wenn die Lehrer ihn im Unterricht aufriefen; keine Aufmerksamkeit auf sich zu lenken.

Einmal zog Jimmy Burke ihn beiseite, als er die Schule verließ.

»Hast du dich inzwischen entschieden?«, fragte Jimmy. Denny musste an Lawrence Hanson denken, damals unter der Tribüne, als er nicht zurückschlug.

»Nächste Woche sind die Wahlen«, sagte Jimmy.

Denny zuckte mit den Schultern. »Lass mir noch etwas Zeit zum Überlegen«, sagte er.

»Super«, gab Jimmy zurück und es war förmlich in der Luft zu spüren, wie seine Begeisterung aufloderte.

Ich hab nur von *überlegen* gesprochen, sagte sich Denny, als er sich abwandte, etwas verwirrt darüber, dass Jimmy Burke ihn aus der Reserve gelockt hatte.

Der *Barstow Patriot* wurde immer schon gebracht, bevor seine Eltern nach Hause kamen. Denny sah alles durch und war jeden Tag aufs Neue dankbar, dass kein Artikel über den Jahrestag erschien. Jetzt, im 24-Stunden-Laden, blätterte er im *Wickburg Telegram* und suchte nach dem Namen von Les Albert. Sein Herz machte einen Satz, als er ihn entdeckte. Der Reporter schrieb eine Artikelserie über Brandstiftung in Sozialwohnungen in Worcester County.

Hin und wieder holte er Les Alberts Karte hervor, betrachtete sie und fragte sich, ob er den Reporter beim Wort nehmen sollte. Er würde die Sichtweise seines Vaters darlegen können. Könnte zeigen, dass sein Vater ein guter Mensch war, fleißig, vielleicht ein bisschen steif und konventionell, aber auf seine Weise sanft und gütig. Trotz allem, was Les Albert gesagt hatte, war sich Denny nicht sicher, ob es wirklich das war, was der Reporter für seinen Artikel haben wollte. Abgesehen von den gelegentlichen Anrufen und Briefen war das Leben seines Vaters – nun ja, *langweilig*.

Die Überlegungen endeten immer damit, dass Denny sich doch nicht bei dem Reporter meldete. Er sagte sich, dass er die Entscheidung nur aufschob, und dann legte er die Karte wieder in seine Brieftasche.

»Wann fängst du mit deinem neuen Job an?«, fragte sein Vater.

Darauf war Denny nicht gefasst gewesen. Nachdem er von Mr. Taylor erfahren hatte, dass der Job nicht zur Verfügung stand und er nur wenig Chancen hatte, jemals eingestellt zu werden, hatte Denny seinen Eltern gegenüber dieses Thema vermieden, war erleichtert gewesen, dass sein Vater sich nicht danach erkundigte.

Doch mit dieser Frage fühlte sich Denny jetzt kalt erwischt. Das Abendbrot war vorbei, er ging gerade durchs Wohnzimmer und blieb unvermittelt stehen. Er hatte vorgehabt heute Abend seine Kampagne für den Führerschein zu starten, hatte sich schon einen Kompromiss zurechtgelegt: einen Antrag auf die Fahrerlaubnis für einen

Anfänger; damit konnte er zumindest Fahrstunden nehmen. Aber plötzlich befand er sich in der Defensive.

»Ich bekomme keinen Job«, gab er zu und wich dem Blick seines Vaters aus. »Der Typ, der mir den Job angeboten hat, war falsch informiert. In dem Laden werden keine Jugendlichen eingestellt, nur ältere Leute.«

»Du hast uns erzählt, du hättest den Job schon«, sagte sein Vater. Denny zwang sich dazu, seinem Vater in die Augen zu sehen. »Das hab ich auch geglaubt«, sagte er. Ihm wurde bewusst, dass eine Lüge immer zur nächsten führt und vielleicht noch weitere nach sich zieht.

»Aber jetzt hast du ihn doch nicht.« In der Stimme seines Vaters klang ein sarkastischer Unterton mit und Denny fragte sich, ob sein Vater ihn im Verdacht hatte gelogen zu haben.

»Der Typ war nur der stellvertretende Geschäftsführer. Er wusste über die Verfahrensweisen nicht Bescheid.«

Sein Vater sah ihn an, eine ganze Weile, die ihm sehr lang vorkam. Und dann sagte er: »So ein Pech …«

Denny war völlig überrascht. Sein Vater hörte sich ehrlich bedauernd an.

Er beschloss einen Vorstoß zu wagen.

»Vielleicht gibt es freie Stellen im Einkaufszentrum …«

Das Gesicht seines Vaters verfinsterte sich und er wandte sich ab, griff nach der Zeitung. »Ich glaube, das wäre ein Problem. Das Einkaufszentrum ist zu weit weg.«

Denny wusste, dass er etwas Falsches gesagt hatte. Und ihm war klar, dass der heutige Abend nicht der richtige Zeitpunkt war um vom Führerschein anzufangen.

An der Bushaltestelle benahmen sich die Monster wie Monster, so wie immer. Sie rempelten sich an, schubsten und stießen einander und fluchten. Jeden Morgen wurde jemand umgeworfen.

»Hey, Denny, ist deine Freundin sauer auf dich?«, rief Dracula. Das löste ein plötzliches Schweigen aus. Alle standen still und starrten ihn an. »Sie lässt sich ja gar nicht mehr blicken.« Denny ignorierte ihn.

Das ermunterte das Monster nur zum Weitermachen.

»Ich schätze, sie hat sich einen anderen zugelegt, stimmt's, Denny? Diesmal einen, der gut aussieht und was hermacht, stimmt's, Denny? Zum Beispiel einen Typ mit Auto, stimmt's, Denny?«

Denny malte sich aus, wie er zu dem Monster hinüberging, es mit einem heftigen Kinnhaken zu Boden streckte, auf es draufsprang und es würgte, bis es blau im Gesicht wurde. Zuerst würde der Junge noch zappeln und dann langsam und qualvoll sterben.

Vergiss es, sagte er sich dann. Dracula war zwar ein Monster, aber eben doch noch ein Junge.

Eines Nachmittags stand er draußen vor der Barstow Highschool. Das war wieder ein Versuch Dawn zu finden. Er hatte festgestellt, dass der Unterricht an der Normal Prep eine halbe Stunde vor Schulschluss der Barstow High endete. Mit etwas Glück und einer perfekten Zeitplanung konnte er an Dawns Schule sein, bevor Hunderte von Schülerinnen und Schülern herausstürmten, weil der Unterricht für diesen Tag zu Ende war.

Er hatte vor der Schule Posten bezogen, in der Nähe der neun orangefarbenen Busse, die mit laufendem Motor auf ihre Passagiere warteten. Denny hatte sich überlegt, dass Dawn in einen dieser Busse einsteigen würde.

Die Schulglocke läutete, einmal, zweimal, dreimal, und im ganzen Gebäude wurden die Türen aufgerissen. Es folgte ein Schwall von Schülerinnen und Schülern, die in alle Richtungen auseinander stoben, wie ein Wasserstrahl, der aus einem Schlauch sprüht. Dennys Augen schwenkten hierhin und dorthin und waren überall, als ganze Schülerhorden den Bussen zustrebten. Er sah jede Menge Mädchen – kleine, große, dunkle, hellhaarige, in Jeans oder Röcken, eine Blonde in einem geblümten Kleid, das ihr bis zu den Knöcheln reichte –, aber keine Dawn.

Zehn Minuten später rumpelten die Busse mit heulenden Motoren und knirschendem Getriebe davon. In seiner Schuluniform kam Denny sich plötzlich sehr auffällig vor, ein Fremder unter den vereinzelten Nachzüglern, die vor der Schule herumtrödelten. Seine große Chance war vertan. Einsamkeit überkam ihn. Und dazu das Wissen, dass ihm ein Fußmarsch von drei Meilen bevorstand. Ganz allein.

Schließlich nahm er den Nachmittagsanruf doch entgegen.

Das hatte er nicht vorgehabt, war daran gewöhnt, das Telefon jeden Tag klingeln zu hören. Warum nahm er den Hörer in diesem bestimmten Augenblick ab?

Das wusste er selbst nicht so genau.

Er war einsam in der leeren Wohnung, hatte keine Lust auf Schularbeiten, hatte zu überhaupt nichts Lust.

In diesem Augenblick klingelte das Telefon.

Ohne einen Gedanken an die möglichen Folgen nahm er ab.

Er drückte den Hörer ans Ohr, sagte nichts, meldete sich nicht. Und hörte, mit einem freudigen Schauder, die rauchige Stimme:

»Bist du's, Denny? Ich hoffe, dass du's bist. Ich kann dich atmen hören.«

Er hielt den Atem an und sagte immer noch nichts.

»Leg bitte nicht wieder auf, Denny, so wie beim letzten Mal. Ich habe immer wieder und wieder angerufen, weil ich unbedingt mit dir reden wollte ...«

Schwieg immer noch. War wie hypnotisiert von ihrer Stimme, ihren Worten. *Weil ich mit dir reden wollte.*

»Bist du nicht einsam? Jeden Nachmittag allein? Neu in der Stadt und keine Freunde zum Reden ...«

Woher wusste sie das alles?

»Wer sind Sie?«, fragte er. Vielleicht würde sie ihm das ja diesmal sagen.

»Eine, der es genauso geht. Die weiß, wie es ist, allein zu sein.«

»Sind Sie diejenige, die meinen Vater nachts anruft?«

Die Frage rutschte ihm heraus, genauso spontan und ungeplant, wie er den Hörer abgenommen hatte.

Lange Pause. Jetzt war sie mit Schweigen an der Reihe. Er hatte den Spieß umgedreht, wie sein Vater sagen würde.

»Ich glaube, dass viele Leute deinen Vater anrufen, Denny.«

»Warum rufen *Sie* ihn an?«, fragte er. Er senkte die Stimme dabei, spürte aber, dass er mit dieser Befragungstatik auf der richtigen Fährte war.

»Von den anderen weiß ich nichts. Ich weiß nur, dass ich nachts nicht schlafen kann. Deshalb rufe ich an.«

»Das ist gemein. Wissen Sie, wie es ist, wenn mitten in der Nacht das Telefon klingelt? Mein Vater kriegt kaum noch Schlaf.«

»Aber jetzt rufe ich *dich* an«, sagte sie. »Tagsüber, am Nachmittag ...«

Er seufzte und zusammen mit diesem Seufzer, in ein und demselben Atemzug, kam auch die Frage heraus: »Warum?« Sein Zorn war versiegt, er war jetzt ehrlich neugierig. Warum rief sie an?

»Ich möchte dich kennen lernen, Denny. Und vielleicht kannst auch du mich kennen lernen ... und wenn du mich kennst, verstehst du vielleicht vieles, was du jetzt nicht verstehst.«

»Was zum Beispiel?«

»Das sage ich dir vielleicht beim nächsten Anruf. Wirst du dich wieder mit mir unterhalten, Denny? Ich möchte dir so vieles sagen ...«

»Ich weiß nicht«, sagte er und legte unvermittelt auf, ganz so, wie er kurz zuvor spontan zum Hörer gegriffen hatte.

D*ie Stimme des Jungen,* sagt Lulu, *so lieb, so eine liebe Stimme.*

Aber Lulus Stimme klingt gar nicht lieb und ich sehe etwas in ihren Augen aufblitzen, sehe den Mutwillen darin. Und mehr als nur Mutwillen: Boshaftigkeit. Mutwillen hat etwas Spielerisches, aber das, was in Lulus Augen steht, ist ganz und gar nicht spielerisch.

So ein netter Junge, sagte Lulu, mit ausdrucksloser, schrecklicher Stimme, die überhaupt nicht nett ist.

Willst du das wirklich durchziehen, Lulu?, frage ich.

Hat es daran je einen Zweifel gegeben, Baby?

Sie nennt mich immer noch Baby, aber nicht mehr so zärtlich wie früher. Damals haben wir viel gelacht, wir liebten dieselben Dinge und hatten praktisch dieselben Gedanken. Sie sagt, dass sie mich immer noch liebt und dass sie mir in meinen finsteren Zeiten beistand, deshalb muss ich ihr jetzt in ihrer Finsternis beistehen.

Du hilfst mir doch dabei, Baby?

Er ist so ein netter Junge, Lulu. Das hast du selbst gesagt. Es wäre mir schrecklich, ihn leiden zu sehen.

Er wird nicht leiden, sagte sie. *Aber das Leiden seines Vaters – das wird ewig dauern. Das Wissen darum, dass sein Sohn für das büßen muss, was er getan hat.*

Ich weiß, dass meine Worte nichts ausrichten können. Sie wurden schon so oft gesagt, aber ich muss sie dennoch wieder sagen: *Der Vater hat nichts getan, Lulu. Die Behörden haben ihn von jedem Verdacht freigesprochen.*

Und auch ihre Antwort ist immer die gleiche: *Die Behörden!* Voller Verachtung. *Die haben alles vertuscht. Politiker vertuschen doch immer. Er war auf der Galerie und hat das Feuer verursacht und die Galerie ist auf uns herabgestürzt. Eins und eins, Baby, ergibt immer noch zwei.*

Dann tritt sie ans Fenster, schaut hinaus und sagt: *Ich will nicht mehr darüber reden.*

Ich weiß, worüber sie nicht reden will. Es geht um diese eine Sache, die wie ein Schatten zwischen uns gefallen ist und uns von dem trennt, was wir einmal waren und was wir jetzt sind.

Sie spricht nicht über das, was geschehen ist, als sie tot war.

Was sie sah und was sie tat.

Ob sie im Himmel war oder in der Hölle. Oder in der Vorhölle, von der Tante Mary sagte, dass ungetaufte Säuglinge dort hinkämen.

Früher riss Lulu darüber Witze, aber es waren ernste Witze.

Du meinst, pflegte sie zu Tante Mary zu sagen, *dass Säuglinge nicht in den Himmel kommen, nur weil kein Priester sie mit Wasser bespritzt hat?*

Das war meine alte Lulu, frech und aufsässig.

Ich sage nur, was die Kirche lehrt, erwiderte Tante Mary darauf.

Eigentlich gefällt mir die Vorstellung von einer Vorhölle, sagte Lulu. *Weder Himmel noch Hölle. Das ist bestimmt ein toller Aufenthaltsort.*

Ich frage mich, ob Lulu dort war. Aber sie spricht nicht darüber.

Andere Leute erzählen davon, sage ich zu ihr. *Sie sehen ein wunderbares Licht. Sie schweben. Sie sind glücklich und zufrieden und wollen nicht mehr zurück.*

Sie starrt mich nur an, mit diesen schrecklichen Augen, in denen etwas liegt, was ich nicht beschreiben kann, und ihr Mund ist nur noch ein grausamer Strich, die Wangen sind angespannt und hager. Ihr Gesicht ist wie eine Maske, hinter der sich die wirkliche Lulu verbirgt, meine alte Lulu, die mich kitzelte und zum Lachen brachte. Diese Lulu ist verschwunden.

Und die neue Lulu ist schuld, dass ich nachts wach liege und gezwungen bin, das, was ich schreibe, vor ihr zu verstecken.

VIERTER
TEIL

Als Halloween näher rückte, waren überall in Barstow die gleichen Farben zu sehen: Orange für Kürbisse, Schwarz für Hexen und Weiß für Gespenster. Die Septemberwärme war kühlen Oktobertagen und -nächten gewichen, plötzlich aufkommenden Winden, die in rauen Mengen die Blätter von den Bäumen holten, und einem trüben, schiefergrauen Himmel. Es regnete jedoch nicht. Die trockenen Blätter wirbelten umher und bedeckten Straßen und Bürgersteige.

Denny stapfte von der Bushaltestelle nach Hause und raschelte dabei geistesabwesend mit den Füßen durch das Laub.

Missbilligend schüttelte er den Kopf über die Kürbisse an den Hauseingängen. Das war die neueste Mode: grausige Gesichter auf Kürbisse malen. Er erinnerte sich daran, wie sein Vater geduldig das Weiche aus einem Kürbis herausgeholt und mit großer Sorgfalt Augen, eine Nase und einen zahnlückigen Mund herausgeschnitten hatte. Eine Kerze, innen in den Kürbis gestellt, ließ ihn auf gespenstische Weise lebendig werden. Ob er schon zu alt war um seinen Vater zu bitten, ihm dieses Jahr wieder einen Kürbis auszuhöhlen?

Als er am 24-Stunden-Laden vorbeikam, sah er, dass nicht Dave, sondern Mr. Taylor an der Kasse stand. Enttäuscht machte er sich auf den Heimweg und schaute auf die Uhr, als er in die Auffahrt einbog. 2:46. Genügend Zeit. Lulu rief immer zwischen drei und halb vier an, nie früher und nie später.

Der Puls in seinen Schläfen pochte unregelmäßig, während er die

Treppe hinaufstieg und dabei an Lulu dachte. Er machte die Fliegentür auf und bekam augenblicklich einen Brechreiz.

Später wusste er nicht mehr, was er zuerst wahrgenommen hatte, den schrecklichen Gestank oder den Anblick von dem Haufen, der vor der Haustür lag. Vermutlich beides gleichzeitig. Würgend hing er über dem Geländer, konnte sich aber trotz der Übelkeit nicht erbrechen. In diesem Augenblick wusste er, dass seine Hoffnung auf einen fünfundzwanzigsten Jahrestag ohne schlimme Vorfälle vergeblich gewesen war. In der letzten Woche waren nur zwei nächtliche Anrufe gekommen. Und nur ein Brief, den sein Vater ungeöffnet im Klo hinunterspülte. Es hatte überhaupt kein Aufsehen gegeben. Der Reporter vom *Wickburg Telegram* war nicht mehr wiedergekommen und niemand vom Fernsehen oder von Radiosendern hatte Kontakt zu ihnen aufgenommen.

Das Allerbeste waren jedoch seine Gespräche mit der Anruferin. Diese Stimme, diese Worte. Er hatte die vage Hoffnung gehegt, dass mit diesen Telefongesprächen alle Bösartigkeiten zu Ende wären.

Aber was er hier auf der Schwelle vorfand, erfüllte ihn mit Grauen. Was nun?

Ehe er darüber nachdenken konnte, musste er die Schweinerei beseitigen, bevor seine Eltern nach Hause kamen.

Auf der Suche nach etwas, womit er den Haufen aufheben konnte, ging er in den Keller. Unter der Treppe fand er eine leere Schuhschachtel. Riss eine Seite ab um eine Art Schaufel herzustellen. Den Deckel wollte er wie einen Besen zum Auffegen benutzen. Auf dem Weg nach oben graute ihm bereits vor dem Anblick und dem Gestank, der ihn erwartete.

Nachdem er tief Luft geholt hatte, nahm er den Haufen auf. Erwischte natürlich nicht alles und machte es noch mal, versuchte dabei den Blick abzuwenden, versuchte nicht zu atmen, holte aber dennoch

Luft. Er wusste, dass er die Schwelle nachher noch mit Wasser und Seife abschrubben musste.

Dann stand er da, mit der stinkenden Schuhschachtel in der Hand, und dachte: Was mache ich jetzt?

Er tat das Nächstliegende – spülte den Haufen im Klo hinunter, scheuerte den Hauseingang mit einem alten Lappen, steckte Schachtel, Deckel und Lappen in eine Plastiktüte und warf sie in eine der Mülltonnen, die in der Einfahrt standen.

Als er wieder in der Wohnung war, wartete er wie gewohnt auf das Telefonklingeln. Den Mittagsimbiss nach der Schule ließ er aus. Sein Magen revoltierte immer noch, aber sein Herz klopfte vor Vorfreude auf Lulus Stimme am Telefon.

Er saß im Sessel seines Vaters, an dem kleinen Tischchen, auf dem das Telefon stand. Die Armbanduhr hatte er abgenommen und sie ans Telefon gelehnt, damit er sie besser sehen konnte. 3:09. Das Telefon würde jetzt jeden Augenblick klingeln.

3:16.

Stille in der Wohnung, wie in einem Museum.

3:21.

Vielleicht rief sie heute nicht an. Manchmal ließ sie ein, zwei Tage aus.

Rastlos stand er auf, streckte sich und gähnte, aus Langeweile, ging zur Verandatür, machte sie auf und schaute nach unten, ob noch ein Fleck zu sehen war. Ein Schauder durchlief ihn, denn der Gestank war in seiner Erinnerung noch genauso frisch und deutlich wie in dem Augenblick, als er den Haufen entdeckte.

Ihm fiel ein, wie sich Lulu einmal darüber geäußert hatte, dass viele Leute seinem Vater etwas antaten.

Ein niederschmetternder Gedanke: Hatte Lulu diesen stinkenden Haufen auf die Schwelle gelegt?

War es ihre Scheiße, die er im Klo hinuntergespült hatte?

Nein, das konnte nicht sein.

So etwas könnte sie nie tun.

Nicht Lulu.

»Lulu.«

Er sprach den Namen laut aus, liebte diesen Klang. Zuerst hatte sie ihm nicht gesagt, wie sie hieß, wollte ihre Identität nicht preisgeben und machte ihre Anrufe dadurch noch geheimnisvoller. Aber schließlich hatte sie ihm ihren Namen verraten.

Sie hatte ihn mit seinem Namen geneckt. Sagte, dass ihr Col-*bär* besser gefiele als Colbert. »Colbert ist so hart und rau, aber Col-*bär* klingt weich und französisch und ...«

Er hörte ein *s* als Anfangsbuchstaben und fragte sich aufgeregt, ob sie *sexy* hatte sagen wollen.

Nervös sagte er: »Sie kennen meinen Namen, aber ich weiß nicht, wie Sie heißen ...«

»Du willst meinen Namen wissen?«

»Ja.«

»Darüber bin ich sehr froh, Denny. Das gibt mir das Gefühl, dass ich dir etwas bedeute, dass ich für dich mehr bin als nur eine Stimme.«

Freudig erregt und verlegen – und verwundert darüber, dass er freudig erregt und verlegen war –, sagte er: »Ich unterhalte mich gern mit Ihnen.«

»Ich mich auch. Ich habe *dich* gern, Denny.«

Er nahm an, dass sie seiner Frage auswich, ihm ihren Namen nicht wirklich sagen wollte.

Aber sie überraschte ihn.

»Lulu. Du kannst mich Lulu nennen.«

Du kannst mich Lulu nennen ...

»Heißen Sie so oder werden Sie nur so genannt?«

»Lulu ist mein ganz spezieller Name. Nur Menschen, die mir nahe stehen, sagen Lulu zu mir. Und du stehst mir nahe, Denny. So nahe ...«
Er war jetzt auch körperlich erregt, sah an sich hinunter – was geht denn hier vor, was geht mit mir vor? – und konnte nicht sprechen.
»Denny, bist du noch da? Ich höre dich atmen – ist alles in Ordnung mit dir? Habe ich etwas Falsches gesagt?«
»Nein«, stieß er erstickt hervor, während er versuchte, wieder die Kontrolle über sich zu gewinnen.

Sie sprach immer leise und atemlos, als gäbe es auf der ganzen Welt nur sie beide. Als wären sie Freunde – nein, mehr als nur Freunde: Als teilten sie ein großes Geheimnis miteinander. Diese rauchige Stimme.
Sie brachte einen trüben Tag zum Tanzen, konnte den gewöhnlichsten Dingen etwas Aufregendes verleihen. Zum Beispiel dem September.
Sie sagte, ihr täte es Leid um den September, weil er vorbei war.
»Wie eine schöne Frau, die fortgegangen ist«, sagte sie.
»Eine Frau?«
»Ja, der September ist wie eine Frau. Schön. Und wollüstig. Du weißt doch, was wollüstig bedeutet, Denny, oder?«
»Natürlich«, sagte er. Sein Herz raste. *Wollüstig.* Das gaukelte ihm Bilder von schönen Frauen vor und tief in seinem Herzen wusste er, dass auch Lulu schön war. Und wollüstig.
Lulus Stimme hielt ihn in Bann, die Stimme eines Hypnotiseurs – *du wirst jetzt müde, ganz, ganz müde ...* –, aber er war überhaupt nicht müde, ganz im Gegenteil, er war hellwach, nahm ihre Worte und ihre Stimme mit jedem Teil seines Körpers auf und sein Körper reagierte darauf. Er presste die Oberschenkel zusammen.
»Auch der Oktober ist eine Frau, Denny. Aber eine Hexe. Ein Gespenst oder ein Kobold. Deshalb mag ich den Oktober nicht. Ich hasse ihn, weil Halloween im Oktober ist.« Ihre Stimme wurde plötzlich

bitter, jagte ihm Kälteschauder bis in die Knochen hinein. Dann wurde sie wieder warm und verspielt: »Was meinst du denn, was für ein Monat ich bin, Denny?«

Er dachte an eisigen Januar und warmen Juli, heißen August. Mit einem Mal wurde ihm heiß und er schwitzte, als wäre es August geworden. Er schluckte schwer und wand sich, aber es kamen keine Worte.

»Ich hoffe, du glaubst, dass ich September bin und nicht etwa Februar, nicht kalt und frostig …«

»September«, sagte er und geriet ein bisschen ins Stottern. Sein Herz flatterte wie ein Septemberblatt im Wind. Doch endlich fand er den Mut zu sagen: »Ja, eindeutig September.«

Er fragte sich, wie alt sie wohl war. Ihre Stimme gab ihm keinen Hinweis darauf. Wenn sie seinen Vater schon seit all den Jahren anrief, konnte sie nicht mehr jung sein. Aber ein Teil von ihm weigerte sich sie für alt zu halten. Er wollte, dass sie jung war.

Schließlich raffte er all seinen Mut zusammen und fragte: »Wie alt sind Sie, Lulu?«

Er liebte es, ihren Namen auszusprechen.

»Was glaubst du denn, wie alt ich bin?«

Wie eine Lehrerin, die eine Frage mit einer Gegenfrage beantwortete. Aber in der Schule gab es keine Lehrerin wie Lulu.

»Ich weiß nicht.« Wagte nicht zu raten.

»Wenn du meine Stimme hörst, Denny, glaubst du dann, dass ich alt bin? Oder jung?«

»Jung.« Hoffend.

»Ah, Denny…«

Sie *musste* jung sein.

»Höre ich mich nett an? Oder nicht so nett?«

»Nett«, sagte er. Sagte es noch einmal: »Nett.«

»Das ist schön. Ich möchte, dass du mich nett findest. Damit du dich auch weiterhin mit mir unterhältst. Ich freue mich immer schon auf diese Anrufe. An den Tagen, an denen ich dich nicht anrufen kann, fühle ich mich ganz einsam...«

»Ich mich auch«, hörte er sich sagen.

»Weißt du was, Denny? Ich rufe deinen Vater nicht mehr nachts an. Vielleicht rufen ihn andere Leute an, aber ich nicht. Und weißt du, warum?«

»Nein.«

»Weil ich lieber mit dir rede. Ich unterhalte mich so gern mit dir...«

»Ich unterhalte mich auch gern mit Ihnen«, sagte er und fragte sich, ob sie das Beben in seiner Stimme hören konnte, ob sie wusste, was mit ihm geschah.

Und es war ihm völlig egal, ob sie jung oder alt war.

Jetzt schaute er auf die Uhr.

3:31.

Der große Augenblick des Tages war nicht gekommen. Sie hatte nicht angerufen. Plötzlich war die Wohnung trostlos und verlassen. Der strahlende Sonnenschein, der sich über den Teppich ergoss, verhöhnte ihn. Es müsste regnen, passend zu seiner Stimmung.

Er heftete den Blick auf das Telefon und befahl ihm zu klingeln.

Aber das tat es nicht.

Hey, Denny, neulich hab ich deine Süße gesehen.«

Um diese Nachricht hinauszuposaunen, hörte Dracula kurz auf, Frankensteins Sohn zu verprügeln.

Denny täuschte Gleichgültigkeit vor, tat so, als hätte er Dracula gar nicht gehört. Er traute dem kleinen Monster nicht. Obwohl er erst zwölf war, hatte er schon das Gehabe eines Gangsters aus einem alten Film und sah tatsächlich wie ein jugendlicher James Cagney aus. Selbst das Wort *Süße* passte zu James Cagney.

»Wo hast du sie gesehen?«, fragte er. Seine Stimme kippte, was nicht sehr hilfreich dabei war, sich gleichgültig zu geben.

»Keine Ahnung«, sagte Dracula. Es wurde ihm langweilig, auf Frankensteins Sohn einzuschlagen, und er wandte sich zu Denny um. »In der Innenstadt.«

»Wo in der Innenstadt?«, fragte Denny und behielt dabei seine Stimme unter Kontrolle.

»Keine Ahnung. Im Kaufhaus Kenton.«

Ein paar Sekunden lang sagte Denny gar nichts mehr. Er wollte nicht zu eifrig wirken, denn er ahnte, dass Dracula kein Wort mehr sagen würde, wenn er merkte, wie sehr Denny daran interessiert war. Schließlich fragte er: »Was hat sie denn dort gemacht?«

Dracula sah ihn an, mit Augen, die plötzlich ganz unschuldig dreinblickten. »Im Kaufhaus?« Er schmiss Frankensteins Sohn aufs Pflaster.

»Ja«, sagte Denny geduldig. Ein zwölfjähriger James Cagney, aber mit den kalten Augen eines vierzig Jahre alten Auftragskillers.

»Ich glaub, sie hat da gearbeitet. Sie stand hinter der Ladentheke. Der Parfüm-Theke. Sie sah toll aus. Ganz schön Holz vor der Hütte.«

Denny schaute ihn angewidert an. »Bist du sicher, dass sie's war?«

»Was glaubst du denn? Hältst du mich für blöd, oder was?« Verächtlich wandte er sich ab. Dann warf er Denny einen Blick über die Schulter zu. Feixend sagte er: »Hey, Denny, wenn sie deine Süße ist, wieso weißt du dann nicht, dass sie bei Kenton arbeitet?«

Der Bus tauchte aus dem Nichts auf, rülpsend und rumpelnd wie ein

Film-Dinosaurier, und ersparte Denny die Peinlichkeit, darauf antworten zu müssen.

Sowie sie ihn sah, strahlte ihr Gesicht auf und sie winkte ihn an die Theke. Er ging geradewegs auf sie zu und wurde in eine Wolke aus verschiedenen Gerüchen eingehüllt. Die Luft war erfüllt von allen möglichen Parfüms und es schien, als gingen die Düfte von ihr aus. Ihre Haare waren zu einem Pferdeschwanz nach hinten gebunden. Sie war immer noch wunderschön und hatte ein strahlendes Lächeln, ganz so, wie er sie in Erinnerung hatte.

»Ich freu mich so dich zu sehen«, sagte sie. »Ich hatte gehofft, dass ich eines Tages hochgucke – und da stehst du ...«

»Ich hab nach dir gesucht«, sagte er. »Aber ich weiß deinen Nachnamen nicht, nur dass du Dawn heißt. Ich weiß auch nicht, wo du wohnst. Deshalb konnte ich dich nicht anrufen. Einmal hab ich nach der Schule vor der Barstow High rumgehangen um dich zu finden. Aber das hat nicht geklappt.«

»Ich habe ein paar Mal bei dir angerufen«, sagte sie. »Nach der Schule. Aber es hat niemand abgenommen. Einmal hab ich sogar von hier angerufen, von der öffentlichen Telefonzelle im Einkaufszentrum. Aber das Telefon hat immer nur geklingelt und geklingelt ...«

Die vielen Anrufe am Nachmittag, auf die er nicht reagiert hatte, weil er dachte, es wäre diese Frau oder der Reporter. Dabei war es die ganze Zeit – oder doch zumindest einige Male – Dawn gewesen.

»Tut mir Leid«, sagte er.

Sie standen da und sahen einander über die Theke hinweg an. Die Parfümwolke umgab sie, allzu schwer und allzu konzentriert, aber das machte ihm nichts aus. Am anderen Ende der Theke hüstelte eine Frau, so ein Hüsteln, mit dem man auf sich aufmerksam macht, und Dawn sah ihn mit einem kleinen, entschuldigenden Stirnrunzeln an und stürzte davon um die Kundin zu bedienen.

Nach einer Weile wurde es ihm unbehaglich an der Theke herumzustehen – ausgerechnet an einer Parfüm-Theke. Denny hatte das Gefühl, dass die Kunden ihn im Vorbeigehen musterten, entweder misstrauisch oder erheitert. Plötzlich wusste er nicht mehr, wohin mit seinen Händen. Er wagte sich nicht umzusehen um festzustellen, ob ihn jemand ansah. Ohne zu merken, was er tat, griff er nach einem Probeflakon Parfüm und drückte irgendwie auf das kleine Dingsbums. Das löste einen nach Flieder duftenden Lufthauch aus, der ihn ins Gesicht und in die Augen traf, so dass er einen Moment lang blind war. Er zwinkerte, begegnete dem Blick aus Dawns blaugrauen Augen und dann mussten sie beide lachen, obwohl er sich dumm vorkam.

Bevor eine neue Kundin sie wieder unterbrechen konnte, nannte sie ihm ihren Nachnamen. Chelmsford. Schrieb ihre Telefonnummer auf einen Kassenzettel. »Ruf mich an«, sagte sie.

Er verließ das Kaufhaus in einer Wolke aus Parfüm. Ihm hafteten Düfte an, die er nicht einmal zuordnen konnte, überwältigende Düfte, von denen ihm leicht übel wurde. Draußen vor dem Kaufhaus blieb er stehen und legte eine Pause ein, bevor er die Straße zur Bushaltestelle überquerte. Er fühlte ... was? Da war er sich nicht sicher. Er hatte ihre Telefonnummer in der Brieftasche. Er konnte sie heute Abend anrufen.

Aber er war nicht so glücklich, wie er erwartet hatte – tatsächlich fühlte er sich irgendwie leer.

Mit einem Blick auf seine Armbanduhr stellte er fest, dass es fast halb vier war. Die Enttäuschung begleitete ihn auf dem Weg, als er auf den Bus wartete, der ihn zu spät für Lulus Anruf nach Hause bringen würde.

Er rief Dawn Chelmsford an diesem Abend nicht an.
Zu viele Schularbeiten.

136

Und außerdem stand das Telefon neben dem Sessel, in dem sein Vater saß und fernsah.

In Hörweite seines Vaters wäre es nicht möglich, mit Dawn Chelmsford eine private Unterhaltung zu führen.

Er würde bis morgen Nachmittag warten, wenn er von der Schule nach Hause kam und allein in der Wohnung war.

Aber er rief sie auch am nächsten Nachmittag nicht an.

»Würdest du gern wissen, wie ich aussehe?«, fragte Lulu.

»Ja«, sagte er und erlebte plötzlich wieder, dass sein Herz heftig hämmerte und der Puls wilde Sprünge machte.

»Damit gehe ich aber ein Risiko ein«, sagte sie. Zögernd jetzt, fast quälerisch.

»Was für ein Risiko?«

»Nun ja, vielleicht gefällt es dir ja nicht, wie ich aussehe. Ich könnte groß und blond sein und vielleicht magst du ja keine großen Blondinen. Oder ich könnte klein und dunkel sein und vielleicht magst du ja keine Mädchen, die klein und dunkel sind.«

Er holte tief Luft und sagte: »Sie würden mir gefallen, ganz egal, ob Sie blond oder dunkel sind ...«

»Rate mal«, sagte sie. »Rate, wie ich aussehe.«

Wieder ein Spiel, aber ein herrliches.

»Rate, welche Haarfarbe ich habe.«

Er dachte an ihre rauchige Stimme und sagte: »Schwarz. Lange, schwarze Haare.«

»Richtig«, sagte sie. »Siehst du? Ich glaube, wir sind füreinander bestimmt, Denny. So, und was noch? Glaubst du, dass ich groß bin oder klein? Oder habe ich ungefähr deine Größe? Wenn du mit einem Mädchen tanzt und sie im Arm hältst, soll sie dann ein bisschen kleiner sein oder genauso groß wie du?«

Er hatte nur dieses eine Mal mit einem Mädchen getanzt, mit Chloe in Bartlett. Sie war kleiner als er, fügte sich gut in seine Arme. Außerdem war sie das einzige Mädchen, das er je im Arm gehalten hatte.

»Ein bisschen kleiner als ich«, sagte er.

»Wunderbar«, sagte sie. »So bin ich – ein Stückchen kleiner als du.«

»Augenblick mal«, sagte er. »Woher wissen Sie, wie groß ich bin? Haben Sie mich schon gesehen?« Diese Möglichkeit hatte er noch nie in Betracht gezogen, trotz der vielen Gedanken, die er sich um sie machte.

»Natürlich habe ich dich schon gesehen. Es kann ja sein, dass dir mein Aussehen nicht gefällt, aber mir gefällt es, wie du aussiehst, Denny.«

Ihre Stimme, ihre Worte, versetzten ihn wieder in freudige Erregung und abermals reagierte sein Körper. Er war froh, dass er allein in der Wohnung war und sie ihn in seiner Verwirrung nicht sehen konnte.

»Wo? Wo haben Sie mich gesehen?«

»Eines Tages werde ich dir das sagen. Aber nicht jetzt, Denny. Im Augenblick finden wir heraus, wie ich aussehe. Bin ich zum Beispiel hübsch? Hast du dich das noch nicht gefragt?«

»Das spielt keine Rolle«, sagte er. Aber das stimmte natürlich nicht. Er wünschte sich, dass sie hübsch war – sogar schön. So schön wie ihre Stimme, so schön wie das, was sie zu ihm sagte.

»Es spielt eine Rolle, Denny. Ich möchte nämlich hübsch für dich sein. Ich möchte, dass du meine Augen liebst und meine Lippen. Ich möchte, dass du alles an mir liebst, Denny. Du sollst mich lieben, meinen Körper ...«

Das Wort beschwor wilde Gedanken herauf. Er geriet in einen wahren Wirbelsturm der Gefühle und klammerte sich mit feuchten Händen am Hörer fest.

»Möchtest du etwas über meinen Körper erfahren?«

Er war nicht in der Lage darauf zu antworten. Ob sie sein schnelles Atmen, seinen beschleunigten Herzschlag hören konnte?

»Ich habe alles, was dazugehört. Einige Teile sind besser als die anderen ...«

»Welche Teile?«, hörte er sich zu seiner eigenen Verwunderung fragen.

»Das wirst du schon noch erfahren«, sagte sie.

Gern hätte er sie noch mehr gefragt. Aber er brachte die Worte nicht über die Lippen und war nur froh, dass sie ihn in diesem Augenblick nicht sehen konnte, wie er aufgelöst und mit heißen Wangen am Telefon saß.

»Beim nächsten Anruf habe ich eine Überraschung für dich«, sagte sie.

Natürlich wusste er, wie verrückt das war.

Er hatte sich in eine Stimme verliebt, in ein Wesen, das er nie gesehen hatte, überhaupt nicht kannte und von dem er nicht wusste, ob es sich um ein Mädchen oder eine Frau handelte. Liebte eine gänzlich Unbekannte, eine Traumgestalt.

Dawn Chelmsford war kein Traum. Sie war echt. Sie war schön. Eine Zeit lang war auch Dawn Chelmsford wie ein Traum gewesen, unerreichbar wie alle anderen Mädchen, die er aus der Ferne angehimmelt hatte – Cheerleader, Bikini-Mädchen am Strand oder im Schwimmbad, bildhübsche Mädchen auf der Straße, die gar nicht wussten, dass es ihn gab. Dawn hatte gesagt: Ruf mich an. Sie hatte gesagt: Ich habe ein paar Mal bei dir angerufen. Sie hatte gesagt: Ich finde es nett, dass du dir um die Bäume Gedanken machst.

Aber Dawn Chelmsford war nicht die Stimme am Telefon. Dawn Chelmsford wirkte nicht so auf ihn – auf seinen Körper, seine Gedanken – wie Lulu.

Bin ich irgendwie verrückt?, fragte er sich.

Aber alle Zweifel waren beiseite gefegt, auf später verschoben, wenn er zusammengekuschelt im Bett lag und sich um Anrufe mitten in der Nacht keine Gedanken, keine Sorgen mehr zu machen brauchte. Stattdessen hielt er sich umfasst, streichelte sich und dachte an ihre letzten Worte.

»Beim nächsten Anruf … habe ich eine Überraschung für dich …«
Auch später, in den Tiefen der Nacht, als die Welt um ihn herum ganz still geworden war, konnte er nicht einschlafen, weil ihm diese Worte im Kopf widerhallten.

Eilig lief Denny die Einfahrt hoch, auf den letzten Drücker, war nach dem Unterricht wegen Nachhilfe in Mathe aufgehalten worden – und stöhnte jetzt hörbar auf, als er den Reporter vom *Wickburg Telegram* entdeckte, der auf der Verandatreppe saß und Zeitung las.

Mit einem Blick auf die Uhr stellte er fest, dass es schon Viertel nach drei war, dass möglicherweise das Telefon jetzt in diesem Augenblick klingelte.

Der Reporter schaute auf und sah ihn.

Denny trat vor, mit gerunzelter Stirn, fühlte sich in der Falle.

»Die Reportage ist fertig«, verkündete Les Albert und steckte sich die Zeitung unter den Arm. »Bis auf die Einleitung …«

Denny sah große schwarze Schlagzeilen vor sich, das alte Foto seines Vaters auf der Titelseite. Und alles, was dann folgen würde.

»Weißt du, was die Einleitung bedeutet, Dennis? Vor allem für eine solche Geschichte? Die Einleitung bestimmt die Richtung, die Stimmung, das Hauptmotiv. Bei einem simplen Faktenbericht hat man keine große Wahl. Zum Beispiel: Zweiundzwanzig Kinder tot. So muss eine Nachricht geschrieben werden. Aber so eine Reportage ist etwas ganz anderes. Und weißt du auch, warum?«

Denny gab keine Antwort, dachte nur: *Zweiundzwanzig Kinder tot.*

»Weil man in einer solchen Reportage die Geschichte in der Hand hat. Klar, man braucht die Fakten und Zahlen. Die habe ich mir besorgt. Das ist alles im Computer. Aber in meiner Einleitung kann ich alles zurechtrücken. Der Einstieg muss natürlich über deinen Vater erfolgen. Sonst ist ja keiner mehr da. Aber wie zeige ich deinen Vater? Als verdächtige Gestalt, auch noch nach all den Jahren? Immer noch die unbekannte Größe? Oder ist er doch ein anständiger Kerl? Ein Familienvater, der sich um seine Frau und seinen Sohn sorgt? In gewisser Hinsicht ein Märtyrer ... Das liegt ganz bei dir, Junge.«

»Ich muss rein«, sagte Denny. »Ich erwarte einen wichtigen Anruf.« Ihm war klar, dass sich das nach einer faulen Ausrede anhörte, aber daran konnte er auch nichts ändern. *Beim nächsten Anruf habe ich eine Überraschung für dich.*

»Ich mach dir einen Vorschlag, Dennis. Ich gebe dir noch – sagen wir: zwei Tage. Dann erscheint die Reportage und ich glaube, dass dann die Hölle los ist. Verstehst du?« Er griff in die Tasche und holte wieder eine Karte hervor, auf der mit Klebeband ein Vierteldollar befestigt war. »Mehr brauchst du nicht. Heute ist Mittwoch. Okay, bis Freitagnachmittag. Ruf mich an, ich ruf dich zurück. Sagen wir: um drei. Dann vereinbaren wir ein Interview. Wenn ich nichts von dir höre ...« Er stieß einen zittrigen Seufzer aus. »Ich bin müde, Junge. Ich arbeite in der Spätschicht und bin den ganzen Weg von Wickburg bis hierher gefahren und außerdem sitzt mir mein Chefredakteur im Nacken.«

Erst jetzt nahm Denny das graue Gesicht wahr, die trüben Augen, was vermutlich vom Schlafmangel kam.

»Ich bin kein schlechter Kerl, Dennis. Ich hab eine Frau und Kinder, die ich ernähren muss. Aber ich habe auch eine Reportage zu schreiben.«

Als er die Wohnungstür aufmachte, hörte er das Telefon klingeln. Er knallte die Tür zu und stürzte zum Telefon, aber kurz bevor er es erreicht hatte, war das Klingeln weg. Er nahm dennoch ab und hörte nur das Freizeichen.

Sie hat den Telefonhörer in der Hand und ich frage: *Rufst du ihn wieder an, Lulu?*

Warum nicht?, sagt sie. *Das gehört doch alles zum Plan, oder nicht?*

Es geht um mehr als um den Plan. Es geht um das, was du ihm sagst.

Was sag ich denn, Baby? Aber wenigstens nimmt sie die Hand vom Hörer.

All diese Worte. Du spielst mit ihm, Lulu, und er ist doch noch ein Junge. Du machst ihn scharf.

Ich muss ihn scharf machen. Damit er mich treffen will. Damit ich ihn dazu bringen kann, zu mir zu kommen.

Ihre Hand ist wieder am Telefon.

Ich glaube, da steckt noch mehr dahinter, Lulu. Ich glaube, du vergnügst dich damit. Ich glaube, es macht dir Spaß, ihm all diese Sachen zu sagen.

Zuerst flammt Zorn in ihren Augen auf, dann sackt sie ein bisschen vornüber und ihr Gesicht verändert sich, wird vor Kummer ganz lang.

Ist das eine Sünde, Baby? Ein bisschen Spaß, ein bisschen Theater spielen? Schau mich an. Ich habe die wirkliche Liebe nie erfahren. Nie hat mich jemand umarmt, mich liebkost, meine Brüste betastet. Niemals hat jemand seine Zunge in meinen Mund gesteckt. Ich habe nie gelebt, Baby. Habe nie den Führerschein gemacht, nie einen Arbeitsplatz gehabt. Bin nie mit dem Taxi gefahren. Oder einkaufen gegangen um mir neue Kleider zu besorgen. Niemals hat mir jemand zugezwinkert oder mich zum Tanz aufgefordert.

Ach Lulu, sage ich und mein Herz zerspringt in tausend Stücke. *Ich liebe dich doch.*

Aber das ist nicht dasselbe, Baby. Ich liebe dich auch. Tante Mary hat uns geliebt, bis zu dem Tag, an dem sie starb, aber diese Liebe meine ich nicht.

Ich weiß, sage ich und denke an die langen, tristen Jahre, die wir miteinander verbracht haben.

Ich schreibe das alles auf und Lulu beobachtet mich dabei. Schließlich kommt sie zu mir herüber, ihr Schatten fällt über die Seite und sie sagt: *Verzeihst du mir, Baby, vergibst du mir alles, was ich getan habe und noch tun muss?* Und ich antworte mit Ja, denn sie ist meine Schwester und wir haben so viel zusammen durchgemacht und ich spüre die alte Zärtlichkeit zwischen uns, als sie das Dach entfernt, das ich so hasse, weil die Kopfhaut darunter wie Feuer brennt, und sie streichelt meine arme, klägliche Haut, während ich weiterschreibe.

D er Geschichtskurs war langweilig. Mr. O'Keefe leierte die Ursachen für den Spanisch-Amerikanischen Krieg herunter, der gar kein richtiger Krieg war. Offene Fenster, durch die ein leichtes Lüftchen hereinwehte, der Geruch von verbranntem Laub.

Denny wurden die Augenlider schwer. Er rutschte auf seinem Stuhl hin und her um sich wach zu halten. Schaute hoch, sah sich um und blickte direkt in die Augen von Lawrence Hanson. Augen, in denen ein leichter Vorwurf lag. Denny sah schnell weg. Er war betroffen, fragte sich, warum Hanson ihn so ansah.

Als die Schulglocke ertönte, wurde die Klasse so schnell munter, als hätte ein Hypnotiseur mit dem Finger geschnippt. Wie üblich gab es einen Sturm auf die Tür.

Auf dem Weg durch die Klasse schlenkerte Denny mit dem Bücherpack, schlug sich damit gegen den Oberschenkel. An der Tür stieß er auf Hanson, der am Türrahmen stand.

»Hast du mir was zu sagen, Colbert?«, fragte Hanson.

Denny schüttelte den Kopf. Andere drängten sich an ihnen vorbei, in der üblichen wilden Hektik auf dem Weg von einer Klasse zur anderen.

Als die Tür frei war, trat Hanson leicht zur Seite und verstellte Denny den Weg. »Du siehst aus, als hättest du etwas auf dem Herzen«, sagte er.

»Das bildest du dir ein«, sagte Denny. Er kam sich festgenagelt vor.

»Sag mir doch, was dich nervt«, sagte Hanson, als hätten sie jede Menge Zeit, als würde es nicht gleich zur nächsten Stunde klingeln. Plötzlich ging Denny auf, dass ihn an diesem Typen tatsächlich etwas nervte. »Okay«, sagte er. »Damals unter der Zuschauertribüne – warum hast du dich nicht gewehrt? Du hast einfach dagestanden und dich herumschubsen lassen, hast dich schlagen lassen …«

»Wenn ich dir darauf antworte, sagst du mir dann auch, warum du weggelaufen bist und mir nicht geholfen hast?«

Schüler näherten sich der Tür, wollten zur nächsten Stunde in die Klasse. Ein großer Kerl, offensichtlich ein Footballspieler, schob sich zwischen Denny und Hanson durch.

»Denk mal drüber nach«, sagte Hanson, als es läutete.

Denny dachte darüber nach. Die ganze Mathestunde hindurch. In Sozialkunde bekam er nicht mit, was sie als Hausaufgabe machen sollten, saß in der Cafeteria allein an einem Tisch, wie gewöhnlich abseits von den anderen.

Ein paar Minuten später schlenderte er zum Spielfeld hin. Das war ein Ort, den er in letzter Zeit gemieden hatte. Er war nicht überrascht Hanson auf der Tribüne sitzen zu sehen, ganz allein auf diesem riesigen Gelände. Irgendwie hatte er gewusst, dass Hanson hier sein, auf ihn warten würde.

Hanson regte sich nicht, als Denny näher kam. Er schaute auch nicht hoch. Dennoch wusste Denny, dass er ihn wahrnahm.

Denny setzte sich neben ihn. Sie sahen beide auf das Spielfeld, als fände dort ein Footballspiel statt.

»Ich habe keine Ahnung, was ich hier will«, sagte Denny. Das war die reine Wahrheit.

»Mir geht's genauso«, sagte Hanson. »Aber da sind wir nun mal.«

»Ich weiß, warum ich neulich nicht geblieben bin«, gestand Denny.

»Weißt du, warum du nicht gekämpft hast?«

»Klar«, sagte Hanson. »Diese Kerle sind schon seit Anfang des Schuljahrs hinter mir her. In der Cafeteria habe ich einem von ihnen aus Versehen einen Teller Suppe übergekippt. Seither haben sie mich schikaniert. An diesem Tag hatten sie mich in die Ecke gedrängt. Sie wollten eine Schlägerei. Ich wollte keine. Eins weißt du noch nicht, Colbert: Ich habe ihnen gesagt, sie sollten sich nach Kräften austoben. Ich meine, umbringen konnten sie mich ja nicht, oder? Also haben sie mich geschubst und gestoßen und zu Boden geworfen, dann wurden sie's leid und sind gegangen. Weißt du was? Ich habe mich an diesem Tag nicht als Opfer gefühlt. Die Opfer waren sie. Diese Typen gehen mir jetzt aus dem Weg und machen so beschämte Gesichter, als hätten sie etwas Schmutziges getan. Und du siehst mich fast genauso an ...«

Himmel, dachte Denny, was geht hier vor? Was ist dieser Lawrence Hanson nur für ein Typ?

»Und ich weiß, warum du nicht geblieben bist, Colbert.«

Denny gab keine Antwort. Er schaute auf das Spielfeld, auf das zertrampelte Gras. Auch er kam sich irgendwie zertrampelt vor.

»Du möchtest dich auf die Normal Prep nicht einlassen, nicht wahr?«, sagte Hanson. »Du siehst niemanden an. Du sitzt beim Mittagessen allein. Du machst dir Sorgen, du könntest entlarvt werden ...«

Das Wort *entlarvt* ließ Denny hochfahren und Hanson scharf ansehen. Ein Wort mit dem Finger am Abzug. Würde eine Kugel folgen?

»Wegen deinem Vater, stimmt's? Und diesem Unglück in Wickburg, im Theater dort.«

»Woher weißt du darüber Bescheid?«, fragte Denny.

»Das ist keine große Sache. Die Normal Prep ist eine kleine Schule. So was spricht sich rum. Alle wissen, was geschehen ist. Na und? Was ist schon dabei?«

Na und? Er dachte an Halloween in der nächsten Woche und daran, dass ihm Les Alberts bis morgen Zeit gegeben hatte. »Es ist eine Menge dabei«, sagte Denny.

»Weißt du was, Colbert?«

»Was?«

»Du hast noch sehr viel zu lernen.«

In der Nacht konnte er nicht schlafen. Wälzte sich im Bett herum, der Körper müde, aber der Kopf hellwach und voller Bilder. Und Stimmen. Hauptsächlich die von Lulu. Aber auch die Stimme von Lawrence Hanson. *Du hast noch sehr viel zu lernen.* Wo sollte er anfangen?

Schließlich stand er auf, zog Pantoffeln und Bademantel an und ging durch die Dunkelheit ins Wohnzimmer. Wollte sich ein Glas Orangensaft holen, entschied sich dann aber dagegen. Er setzte sich in den Sessel seines Vaters, neben dem Telefon, und gewöhnte seine Augen an die Dunkelheit. Starrte das Telefon an, dachte an die vielen Anrufe, die sein Vater mitten in der Nacht erhalten hatte. Fragte sich, was er tun würde, wenn das Telefon jetzt klingelte, in diesem Augenblick. Plötzlich wollte er, dass es klingelte, wollte seinem Vater diesen einen Anruf abnehmen.

Als er einen Blick zur Tür warf, sah er seinen Vater dort stehen. In seinem Bademantel wirkte er wie ein bleiches Gespenst.

»Was machst du da, Denny?«, flüsterte er.

»Ich konnte nicht schlafen. Ich hab schon tausendmal in der Nacht hier gesessen, so wie du.«

»Nicht tausendmal, Denny.« Sein Vater kam ins Zimmer geschlurft, die Sohlen der Pantoffeln klatschten auf den Boden. Er setzte sich auf die Ottomane, Denny gegenüber. »Was macht dir solche Sorgen, dass du nicht schlafen kannst?«

Denny dachte daran, wie oft er mit seinem Vater schon zusammen gewesen war, ohne dass sie wirklich miteinander geredet hätten. Neulich in der Nacht, als er seinen Vater allein am Telefon sitzen sah, hatte er sich einfach zurückgezogen und war wieder in sein Zimmer gegangen.

Unvermittelt kamen ihm die Worte von Lawrence Hanson in den Sinn: *Du hast noch sehr viel zu lernen.*

»Die anderen in der Schule wissen, was im *Globe* passiert ist«, sagte er. »Das hat mir heute einer erzählt. Und für sie ist das keine große Sache. Ich dachte ...«

»Was hast du gedacht, Denny?«

»Ich hab gedacht, das würde Probleme geben. Wie in Bartlett und den anderen Orten, als ich noch klein war.« Sein Vater wirkte zerbrechlich, das Gesicht hager in der Düsternis der Nacht. »Oder noch viel schlimmer. Ich hab mir um mich selbst Sorgen gemacht. Nicht um dich.«

»Du solltest dir keine Sorgen um mich machen, Denny.«

Die mache ich mir aber. Doch das hatte er seinem Vater nie sagen können.

»Du bist erst sechzehn, Denny. Über solche Dinge solltest du dir keine Gedanken machen müssen. Deine Mutter und ich wollten dich immer davor beschützen, vor ...« Er suchte nach dem richtigen Wort, versuchte es mit der Hand aus der Luft zu greifen. »Vor der Welt, nehme ich an ...«

»Ich bin sechzehn, Dad. Du warst sechzehn, als das passiert ist! Du warst so alt wie ich.« Diese Erkenntnis überwältigte ihn. Er wusste nicht, wie er mit so etwas fertig geworden wäre. Die vielen toten Kinder und all diese Beschuldigungen. Aber sein Vater *war* damit fertig geworden. Hatte es erduldet, hatte überlebt. Und in all den Jahren seither: *Kein Kommentar.*

»Warum sprichst du nie darüber, Dad? Nicht nur mit mir, auch mit den Leuten von der Zeitung, dem Fernsehen. Du gehst ans Telefon und hörst zu. Du liest die Briefe. Und tust nichts um dich zu schützen. Warum?«

Sein Vater seufzte. Er legte die Hände auf die Knie, als wollte er aufstehen. Denny befürchtete, dass er dem Gespräch wieder ausweichen würde, dass er ihn ins Bett schicken, die Unterhaltung für beendet erklären würde.

Doch sein Vater beugte sich vor, kam mit dem Gesicht nahe an Denny heran.

»Vielleicht war das falsch, vielleicht habe ich mich all die Jahre falsch verhalten, wer will das wissen? Man tut, was man für richtig hält, was dem eigenen *Gefühl* nach richtig ist.« Legte eine Pause ein, seufzte, schüttelte den Kopf. »Mit Worten, Denny, konnte ich noch nie gut umgehen.«

Wieder eine Pause, in der Denny sich nicht zu rühren wagte.

»Die Leute, vor fünfundzwanzig Jahren, die Hinterbliebenen der Kinder. Mütter und Väter. Pflegeeltern, Geschwister. Was haben sie für einen Verlust erlitten, welchen Schmerz mussten sie ertragen. Ein altes Sprichwort besagt, dass die Zeit alle Wunden heilt. Aber bei manchen heilt die Zeit nichts. Der Schmerz bleibt und muss irgendwohin. Und er kommt zu mir.«

Er schloss die Augen. »Also gut. Sollen sie anrufen, sollen sie mir Briefe schreiben. Sollen sie mich beschuldigen. Mich beschimpfen. Und schlimmer noch – mir drohen. Dann geht es ihnen besser. Ich biete mich ihnen dar.«

Die Augen jetzt wieder offen, sah er Denny in die Augen. »Weißt du was, Denny? Vielleicht bin ich ja doch schuld. Vielleicht hätte ich dieses Streichholz nicht anzünden dürfen. Und da ist noch mehr. Vielleicht hätte ich die Galerie inspizieren sollen. Aber ich ging so ungern dort hinauf. Ich hatte Angst davor – vor den Ratten, den Schatten. Und so gestehe ich meine Schuld ein, nehme meine Buße auf mich.«

Zum ersten Mal hatte Denny das Gefühl, einen Zugang zu seinem Vater gefunden zu haben, dass sein Vater ihm schließlich doch das Vertrauen entgegenbrachte, ihn in diesen Teil seines Lebens einzulassen.

Am liebsten hätte er sich seinem Vater in die Arme geworfen. Er wusste, dass das unmöglich war. Aber in diesem kurzen Augenblick waren sie sich nahe gekommen. Vielleicht nicht nahe genug, vielleicht lag noch ein weiter Weg vor ihnen, aber es war ein Anfang.

»Geh jetzt ins Bett«, sagte sein Vater liebevoll, nicht in seinem üblichen Tonfall, mit dem er ihn wegzuschicken pflegte, sondern voller Fürsorge. Es war spät und morgen kam ein neuer Tag.

Er stand in der öffentlichen Telefonzelle vor dem 24-Stunden-Laden. Die Glasscheiben waren voll geschmiert, das Telefonbuch war von seiner Kette gerissen und entfernt worden. Es widerstrebte ihm, mit den Lippen nahe an die Sprechmuschel zu kommen.

Er warf einen Vierteldollar ein, wählte, hörte Geräusche im Hintergrund und schließlich eine Frauenstimme: »*Wickburg Telegram* …«

»Könnte ich bitte Les Albert sprechen?«

»Les ist zurzeit unterwegs. Aber er hat einen eigenen Anrufbeantworter. Wollen Sie dort eine Nachricht hinterlassen – oder soll ich ihm sagen, dass er Sie zurückrufen soll?«

Denny legte eine Pause ein, runzelte die Stirn.

»Es könnte sein, dass er den größten Teil des Tages unterwegs ist«, sagte die Frau.

»Ich möchte eine Nachricht hinterlassen«, sagte Denny. Aber *welche* Nachricht?

Wieder die Hintergrundgeräusche, gefolgt von Les Alberts Stimme, die sich immer noch müde anhörte: »Ich bin zurzeit nicht erreichbar, bitte hinterlassen Sie eine Nachricht nach dem Piepton ...«

Die Hintergrundgeräusche, der Piepton.

Und in diesem Augenblick wusste Denny, was er sagen würde. Er dachte an seinen Vater, trat irgendwie an seine Seite.

»Mr. Albert, es spricht Dennis Colbert. Hier ist meine Antwort: *Kein Kommentar.*«

Drei Tage lang rief Lulu nicht an. Ihm graute vor der Möglichkeit, dass sie vielleicht gar nicht mehr anrufen würde. Er lief im Zimmer auf und ab, frustriert darüber, dass es ihm unmöglich war, *sie* anzurufen, sie zu suchen, wie er die Straßen nach Dawn Chelmsford abgesucht hatte.

Manchmal trat Zorn an die Stelle der Enttäuschung. Wahrscheinlich spielte sie mit ihm, wollte ihn foppen. Ihre Stimme kam ihm in den Sinn, ihre Worte – Worte, die ein Feuer in ihm entfacht hatten. *Ich möchte, dass du alles an mir liebst.* Die Erinnerung an diese Worte versetzte ihn immer in Erregung. *Du sollst mich lieben, meinen Körper ...*

Wenn sie bis vier Uhr nicht angerufen hatte – und sie hatte niemals später als halb vier angerufen –, verließ er die einsame Wohnung, obwohl er es leid war, auf der Straße, in der Stadtbücherei oder im 24-Stunden-Laden die Zeit totzuschlagen. In letzter Zeit war Dave bei seinen Besuchen im Laden nicht da gewesen.

»Geht es Dave nicht gut?«, fragte er den Verkäufer, der gerade Dienst hatte. Der Verkäufer hatte graue Haare und eine hohe, zwitschernde Vogelstimme.

»Ich glaube, er hat Grippe«, sagte der Verkäufer und gab Denny das

Wechselgeld heraus. Auch seine Hand glich einer Vogelkralle, flink, mit kleinen, ruckartigen Bewegungen.

Denny steckte sein *Snickers* in die Tasche. Kam sich verlassen vor, verloren. Keine Lulu am Telefon. Kein Dave im Laden. Die einzigen Menschen, die er als Freunde bezeichnen konnte.

Und dann, am nächsten Tag: Lulu.

»Hallo.« Die Stimme rauchig, so wie immer, erregend.

»Wartest du schon auf meine Überraschung?«

»Ja«, sagte er. Etwas in ihrer Stimme ließ ihn aufmerken, etwas, was er noch nie darin gehört hatte.

Er ging ein Wagnis ein. »Sind Sie traurig?«

Lulu gab nicht sofort Antwort. Er hörte ihr leises Atmen, einen Seufzer. »Jeder hat mal einen traurigen Tag, Denny. Das weißt du doch auch. Weißt du, was mich gleich weniger traurig macht?«

»Was denn?«, fragte er.

»Du. Dich zu sehen. Wäre das nicht eine schöne Überraschung, Denny? Dass du mich siehst, ich dich sehe?«

Selbst in seinen wildesten Träumen hatte er das nicht für möglich gehalten, so als gäbe es für ihre Beziehung keine Realität jenseits der Augenblicke am Telefon.

»Ja, das wäre schön, ja.« Hörte er sich zu eifrig an, wie ein kleines Kind?

»An Halloween kann ich mit dir zusammen sein.«

Mit dir zusammen sein.

»Wie?« Die Gedanken rasten ihm im Kopf herum. »Wo?«

»An der Ecke von deiner Straße. Um sieben Uhr, wenn die Kinder von Haus zu Haus ziehen und um Süßigkeiten betteln.« Eine Pause, noch ein Seufzer. »Warte dort auf mich, Denny. Ich werde da sein...«

Sie legte auf.

Und ließ ihn in einem Zustand der absoluten Verzückung zurück, bis auf die Trauer in ihrer Stimme, die wie ein kleiner Makel an einer perfekt geformten Wange war.

22 TOTE KINDER
HETZJAGD AUCH NOCH NACH 25 JAHREN
MANN IN BARSTOW SCHIKANIERT
Von Les Albert
Redakteur des Telegram

In einer stillen Straße in Barstow, Massachusetts –
25 Meilen nördlich von Wickburg – lebt ein Mann, dessen Tage und Nächte von einer Tragödie überschattet
werden, die sich vor 25 Jahren ereignet hat.

Dieser Mann heißt John Paul Colbert.

Die Tragödie war der Einsturz der Galerie im ehrwürdi-
gen *Globe Theater* in der Innenstadt von Wickburg am
Nachmittag von Halloween. Bei dem Unglück kamen 22
Kinder ums Leben.

Immer noch hallen von dieser Katastrophe gequälte
Schreie wider und durchdringen die Erinnerung zahllo-
ser Menschen, der Überlebenden etwa und der Angehö-
rigen der Opfer.

Angesichts dieser Schreie erhebt sich auch eine Generation später noch die Frage:

Trägt Colbert Schuld an der Katastrophe?

Colbert, damals 16 Jahre alt und Teilzeit-Platzanweiser,
zündete auf der mit alten Kartons voll gestellten Galerie
ein Streichholz an und setzte sie in Brand. Kurz darauf
stürzte sie auf die unschuldigen Kinder herab, die auf den
Beginn einer Halloween-Zaubervorstellung warteten.

Die amtlichen Ermittler sprachen Colbert von jeder
Schuld frei und führten den verrotteten Zustand der Galerie an, die seit vielen Jahren ungenutzt geblieben war
und völlig vernachlässigt wurde.

Obwohl Colbert nie angeklagt wurde, wird sein Leben auch heute noch von Beschuldigungen vergiftet. Im Laufe der Jahre häuften sich die Berichte von Telefonterror und Briefen mit Beschimpfungen, gelegentlich auch von Todesdrohungen, darunter eine Bombendrohung in seiner Wohnung.

Colbert bewahrt über all diese Attacken strenges Stillschweigen. Wann immer er befragt wird, lautet seine Antwort: »Kein Kommentar.«

Sein Sohn, Dennis, 16 Jahre alt wie sein Vater zur Zeit der Katastrophe, setzt diese Tradition fort. »Kein Kommentar«, sagte Dennis Colbert diese Woche, als er über die missliche Lage seines Vaters befragt wurde.

Unterdessen sind Freunde und Angehörige der Überlebenden immer noch ...

»Ich danke dir, Denny«, sagte sein Vater und ließ die Zeitung sinken, in der sie beide gelesen hatten.

»Wofür?«, fragte Denny. Er war noch ganz benommen von dieser Wortparade und dem Anblick seines eigenen Namens in schwarzem Druck.

»Für dein ›Kein Kommentar‹. Dafür, dass du mein Verhalten respektierst.«

»Ich wollte dir Respekt erweisen, Dad.« *Aber ich bin nicht du.*

Sie sahen einander lange an. Dann fragte Denny: »Wird mit diesem Artikel wieder alles von vorn losgehen?«

Sein Vater zuckte mit den Schultern. »Wer weiß?«

»Der Reporter hat unsere Straße nicht genannt. Als Adresse ist nur Barstow angegeben. Barstow hat dreißigtausend Einwohner. Wir mussten in der Schule einen Aufsatz darüber schreiben.«

»Sie haben ihre Methoden uns aufzuspüren«, sagte seine Mutter. Sie hatte seinem Vater die Zeitung aus der Hand genommen und den Artikel rasch überflogen, nachdem sie sich beim Eintreffen des *Wickburg Telegram* zuerst geweigert hatte ihn zu lesen. »Eine Sünde«, hatte sie gesagt, »das alles wieder aufzurühren. Warum kann man nicht einfach über die armen Kinder schreiben, ihr Andenken ehren?«

Dann, mit einem Blick zu ihrem Mann hinüber, sagte sie: »Vielleicht sollten wir am Wochenende wegfahren …«

Das Telefon klingelte.

»Wir bleiben«, sagte Dennys Vater.

Denny tat etwas, was er noch nie zuvor gewagt hatte. Er legte seinem Vater den Arm um die Schulter und spürte, wie sein Vater sich an ihn lehnte.

Das Telefon klingelte immer weiter.

Dieser Augenblick jetzt – darauf hatte er gewartet, in der Abendkälte an der Ecke zu stehen, ein Schatten unter anderen Schatten, und den Aufmarsch der verkleideten Kinder zu betrachten, die als Gespenster und Piraten und Gestalten aus Film und Fernsehen vorbeizogen, Barney und Aladin und ein kleines Mädchen, deren goldenes Kleid aus allen Nähten zu platzen drohte, weil sie es über ihrem Mantel trug.

Er entdeckte niemanden, der den Monstern von der Bushaltestelle glich. Das lag ganz einfach daran, dass die Kinder in geordneten Reihen an ihm vorbeizogen, ohne Geschubse und Gedrängel, unter der Obhut von jemand Älterem. In Barstow herrschten strenge Halloween-Regeln. Eine Stunde, zwischen achtzehn und neunzehn Uhr, konnten die Kinder von Haus zu Haus ziehen – und dann ab nach Hause um die mit Süßigkeiten gefüllten Papiertüten zu leeren.

Denny schaute auf die Uhr. Fast sieben. Atemlos und erwartungsvoll nahm er die vorbeifahrenden Autos in Augenschein. Sein Kopf ruckte hin und her wie bei einem Tennis-Match. Das Neonschild des 24-Stunden-Ladens tanzte nervös in der Luft herum.

Er hatte seinen Vater angelogen, hatte ihm gesagt, er wollte mit dem Bus zur Bücherei fahren, wo eine Halloween-Veranstaltung stattfände. Sein Vater war zusammengezuckt, wie immer, wenn das Wort Halloween fiel. Dann, mit einem resignierten Schulterzucken, hatte er gesagt: »Viel Spaß.« Aber er hatte sich, typisch für ihn, nicht verkneifen können, »Sei vorsichtig« hinzuzufügen. Die Entdeckung, wie leicht das Lügen war, machte Denny übermütig, bedrückte ihn zugleich aber auch.

Ohne Vorwarnung kam aus der Richtung, in die er gerade nicht sah, ein Wagen. Die Scheinwerferkegel fegten über den Bürgersteig, erfassten ihn in ihrem grellen Licht. Blinzelnd strengte er die Augen an um die Fahrerin oder den Fahrer zu sehen, konnte aber nur einen dunklen Schatten am Steuer ausmachen. Eine undeutliche Hand winkte ihm und er ging auf den Wagen zu, ein altes Auto, viertürig, schwarz, wie ein Wagen aus einem alten Gangsterfilm. Er machte die Tür auf.

Die kleine Glühbirne oben im Wagen warf einen schwachen Lichtschein herab, als Denny einstieg. Mit Händen, die vor Aufregung – und Nervosität – zitterten, machte er die Tür zu. Dann wandte er sich dem Fahrer zu und sah zu seiner Verwunderung Dave am Steuer sitzen. Ohne sein Dach, die Kopfhaut entzündet, übersät von wild abstehenden Haarbüscheln, tiefe Trauer in den Augen, mit angespannten Lippen, hinter denen sich die falschen Zähne verbargen.

»Es tut mir Leid«, sagte Dave. »Ich wollte das nicht. Lulu ist meine Schwester ...« Als hätte er diese Worte eingeübt.

Vom Rücksitz wehte ein Duft von Parfüm herüber, ein leiser Hauch, als hätte jemand eine teure Modezeitschrift aufgeschlagen. Hände glitten ihm über die Augen, nahmen ihm die Sicht, weiche Haut an seiner Wange, dann die erotische Telefonstimme in seinem Ohr:

»Hallo, Denny. Ich bin so froh, dass wir endlich einmal zusammenkommen.« Dann, in einem dringlichen Befehlston: »Fahr schon, Baby, los, fahr.«

In der Wohnung, die sie betraten, herrschte ein heilloses Durcheinander, ein Wirrwarr aus Kartons, überall Kleiderhaufen, kahle Wände, die dort, wo einst Bilder gehangen hatten, mit hässlichen Löchern wie mit Pockennarben versehen waren. Es wirkte wie eine Zwischenstation, so als hätte hier niemals jemand gewohnt oder wäre gerade im Begriff auszuziehen.

Denny spürte, dass Lulu sie nicht ins Haus begleitet hatte, aber er scheute davor zurück, sich nach hinten umzusehen. Während der kurzen Fahrt zur Wohnung war sie auf dem Rücksitz geblieben. Ihre Hände glitten von seinen Augen zu seinem Nacken, dann zu seinen Schultern, berührten ihn nur ganz leicht.

Während der Fahrt hatte Denny Ruhe bewahren können, ganz einfach deshalb, weil er Dave vertraute. Er war verwirrt, ja, und nervös. Sehr nervös. Er hatte feuchte Hände, in seinem Kopf schwirrten eine Menge Fragen wild durcheinander – Teufel noch mal, eine Million Fragen –, aber er wies sich an ganz locker zu bleiben. Dave sagte nichts, konzentrierte sich aufs Fahren. An den Händen, die das Lenkrad hielten, traten die Fingerknöchel bleich hervor. Lulu summte eine Melodie, die Denny nicht kannte.

Jetzt führte ihn Dave durch einen dunklen Flur zu einer geschlossenen Tür. Machte die Tür auf und bedeutete Dave einzutreten, sah ihn dabei nicht an, hielt die Augen gesenkt.

Die ersten Befürchtungen stellten sich ein, böse Vorahnungen. Irgendwo hatte er einmal gelesen, dass die Mitglieder einer Jury den Angeklagten nie ansahen, wenn sie mit einem Schuldspruch in den Gerichtssaal zurückkehrten, und Dave wich Dennys Augen aus, als er ihn zu einem Küchenstuhl dirigierte. Abgesehen von zwei weiteren Stühlen, die ganz genauso aussahen, war das Zimmer unmöbliert. An der Decke hing eine Glühbirne ohne Lampenschirm und erfüllte den Raum mit ihrem nackten Licht.

Vorsichtig ließ sich Denny auf der Stuhlkante nieder und drehte sich um, hielt nach Lulu Ausschau, von der jedoch nichts zu sehen war. Als er sich schließlich Dave zuwandte, bekam er einen Schock. In dem gnadenlos grellen Licht war deutlich zu sehen, wie rot und fleckig Daves Gesicht war. Am Mund hatte er eine hässliche wunde Stelle, die Augen wirkten fiebrig und blutunterlaufen.

»Das große K ist wieder da, Denny«, sagte er. »Die Pause ist vorüber, jetzt läutet die Glocke.«

Ein schweres Poltern brachte Denny dazu, sich umzudrehen, und er sah eine Frau ins Zimmer kommen. Sie stützte sich auf ein Gehgestell aus Aluminium, während sie sich mit qualvoller Mühe auf ihn zubewegte, immer einen Schritt nach dem anderen.

»Noch mal hallo, Denny.«

Diese Stimme. Lulus Stimme. Aber das konnte nicht Lulu sein, diese Frau mit Metallschienen an den Beinen, alt, nicht so alt wie eine Großmutter, aber nicht mehr jung, verhärmt, die Haut über den Backenknochen straff gespannt. Die wirren schwarzen Haare fielen ihr in unordentlichen Ponyfransen in die Stirn.

»Tut mir Leid dich enttäuschen zu müssen, Denny«, sagte sie. Die Stimme war immer noch rauchig, aber jetzt lag ein spöttischer Unterton darin.

Denny wurde die Brust eng, sein Hals war wie zugeschnürt. Er wusste, dass er sich mit Lulu etwas vorgemacht hatte. Ihm war klar gewesen, dass sie nicht das Mädchen sein konnte, das er sich bei den nachmittäglichen Anrufen vorgestellt hatte, aber so jemanden hatte er denn doch nicht erwartet – alt und behindert, mit einem verbitterten Zug um die Mundwinkel und einem kalten Funkeln in den Augen.

Er schaute zu Dave hinüber, nicht so sehr, weil er ihn sehen wollte, sondern um den Blick von der Frau abzuwenden, die Lulu war.

»Was soll das alles?«, fragte er Dave. »Warum bin ich hier?«

Aber Dave gab keine Antwort, sah stattdessen Lulu an.

»Lass die Spielchen, Lulu. Wenn du das unbedingt durchziehen musst, dann tu's gleich.«

Was denn? Im Grunde wollte Denny gar keine Antwort auf diese Frage. Er wollte nur raus hier. Man hatte ihn nicht festgebunden, er schätzte, dass er jeden Augenblick aufstehen und gehen konnte. Aber instinktiv ahnte er, dass das nicht ganz so einfach sein würde.

»Dein Vater«, sagte Lulu. »Deshalb bist du hier.«

»Was ist mit meinem Vater?«

»Dein Vater hat mich umgebracht. Als die Galerie herunterkrachte. Seinetwegen bin ich vor fünfundzwanzig Jahren im *Globe Theater* gestorben.«

Hatte sie *gestorben* gesagt?

»Er hat das Feuer verursacht und die Galerie ist herabgestürzt und wir sind gestorben, ich und all die anderen.«

»Mein Vater hatte keine Schuld daran«, sagte Denny. »Er wurde nie festgenommen. Es gab keine Beweise gegen ihn.«

»Das wurde alles vertuscht«, sagte sie. »Du warst nicht da. Du hast die Schreie nicht gehört. Du hast die Schmerzen nicht gefühlt. Du bist nicht gestorben, so wie ich.«

Eine Verrückte, dachte Denny. *Ich geh hier weg.*

Er setzte zum Aufstehen an, aber ihm fehlte die Willenskraft um sich vom Stuhl zu erheben. Sein Körper gehorchte ihm nicht.

Über Lulus Gesicht breitete sich ein kaltes, verschlagenes Lächeln aus. Das grelle Licht glitzerte auf dem Gehgestell, als sie auf ihn zugeschlurft kam.

»Ich glaube, du hast von dem kleinen Nadelstich im Auto nichts bemerkt, Denny. Eine kleine Spritze in den Nacken, auf der Fahrt hierher. Dauert ungefähr zwanzig Minuten, bis sie ihre Wirkung tut. Ich bin Expertin für Spritzen. Man lernt viel, wenn man im Krankenhaus liegt, und ich habe eine Menge über Spritzen gelernt. Das war eine ganz spezielle. Hält den Geist wach, schläfert aber für eine Weile den Körper ein.«

Sie hatte Recht. Er konnte sich nicht rühren. Oder vielmehr: hatte nicht die Kraft sich zu bewegen. Wollte es tun, versuchte die Hand zu heben, versuchte seinen Körper vom Stuhl hochzustemmen, aber plötzlich schien das alles nicht mehr der Mühe wert zu sein.

»Aber keine Schmerzen, Denny. Du sollst keine Schmerzen erleiden. Dein Vater soll den Schmerz fühlen, den schlimmsten Schmerz, den es überhaupt gibt. Den Schmerz seinen Sohn zu verlieren und zu wissen, dass er schuld daran war. Das ist das Allerschlimmste, Denny. Sein eigenes Kind zu überleben ...«

Als ihm die Bedeutung ihrer Worte klar wurde, spürte er, wie das Schicksal seinen Lauf nahm. Jetzt wusste er, warum man ihn hierher gebracht hatte. Aus Rache – Lulus Rache an seinem Vater. Hilfe suchend sah er zu Dave hinüber, aber Daves Augen waren unverwandt auf seine Schwester geheftet. Sein Körper wirkte zerbrechlich, die Hände hielten seinen Stuhl umklammert, als würde er ohne diese Stütze fallen.

»Was haben Sie vor?«, fragte Denny, bemüht, normal zu sprechen und die Panik zu verbergen, die ihm durch den Körper schoss und seinen Herzschlag beschleunigte.

»Ich mache es gnädig, Denny. Keine Schmerzen, das hab ich dir versprochen und dieses Versprechen werde ich auch halten. Aber für das, was danach passiert, kann ich keine Garantie übernehmen. Das ist das Traurige daran – das, was nach dem Tod kommt...«

»Wovon redest du?«, fragte Dave und sprach damit haargenau das aus, was Denny fragen wollte.

»Ich rede von dem, was du immer wissen wolltest, Baby«, sagte sie. »Wie es war, als ich gestorben bin. Jetzt sag ich's dir. Mein Körper lag bewegungslos da, wie ein Stein. Kein Herzschlag. Kein Atemzug in und aus meiner Lunge. Tot! Willst du auch noch den Rest hören, Baby?«

»Ja«, sagte Dave. Er saß starr auf dem Stuhl, die Augen flackerten fiebrig.

»Nichts«, sagte sie mit tonloser Stimme. »Nichts, Baby. Das war das Grauenhafte, was mir widerfahren ist. Schlimmer als nichts! Ich wurde zur Leere. Eine Furcht erregende Leere! Nicht in der Lage zu denken und mir doch meiner selbst bewusst. In dem Wissen, dass ich eine Null war. Und das Schlimmste war, dass mein Gehirn nicht funktionierte, nur mein Bewusst-Sein war am Leben. Das war das Grauen – das Wissen, dass ich für immer so bleiben würde, bis in alle Ewigkeit. Kein Licht am Ende des Tunnels, Baby. Kein Himmel und keine Hölle. Oder vielleicht war das die Hölle, eine Null in all dieser schrecklichen Leere zu sein.«

Während sie sprach, wurde ihr Gesicht ausdruckslos, der Blick unscharf, so als stünde sie gar nicht hier im Zimmer, sondern wäre weit weg, an einem anderen Ort. Dann war sie wieder da. »Schließlich hörte das auf und ich war unter der Galerie eingeklemmt. Wieder am Leben. Denkend. Mein Darm entleerte sich und ich lag da, in meinem Gestank und mit meiner Angst, bis ich geborgen wurde. Aber die Angst kam nicht daher, dass ich im *Globe* festsaß, sondern in der Ewigkeit des Nichts ...«

Denny sah Tränen auf Daves Wangen. Sein Gesicht war eine Maske der Qual, mit aufgerissenem Mund, in dem die falschen Zähne wie kleine, weiße Knochen aus dem Zahnfleisch hervorragten.

Lulu kümmerte sich nicht um Daves Tränen. Stattdessen sah sie Denny mit ihren schwarzen Augen an. »Das hat dein Vater mir angetan. Einem elfjährigen Mädchen. Hat mich das Grauen sehen lassen, das schlimmste Grauen meines Lebens, noch viel schlimmer als diese nutzlosen, hilflosen Beine.«

Ein kleines Zucken in seinem Fuß und ein plötzliches Kribbeln in der rechten Hand ließen in Denny neue Hoffnung keimen, gerade in dem Augenblick, als alles so hoffnungslos schien. Seine Glieder erwachten wieder zum Leben. Vielleicht hatte er ja doch eine Chance dieser Verrückten zu entkommen.

Dave streckte die Arme nach ihr aus, aber Lulu wich vor ihm zurück. »Da draußen ist nichts, Baby. Jetzt weißt du, warum ich dir nie erzählen wollte, wie es war. Ganz egal, was die Priester und Pfarrer sagen oder die Leute, die von Todeserfahrungen reden …«

»Vielleicht war es nur ein Alptraum, Lulu«, sagte Dave.

»Armes Baby, möchtest mir immer alles leichter machen.«

Denny konnte mit den Zehen wackeln. Ein Krampf im Spann seines linken Fußes war wunderbar in seinem Schmerz, zeugte von Leben und Energie. Im rechten Arm hatte er das Gefühl von lauter Insekten gestochen zu werden.

»Wenn du's mir leichter machen möchtest, Baby, dann hilf mir bei dem, was ich tun muss«, sagte Lulu zu Dave. Dann fuhr sie wieder zu Denny herum. »Jetzt bist du an der Reihe, Denny, diese schreckliche Leere zu erfahren. Nur ein kleiner Nadelstich und der Beginn von Schlaf. Und dann nichts. Denk dran, das hat dir dein Vater angetan.«

Plötzlich tauchte in Daves Hand eine Spritze auf, von der Denny nicht wusste, wo sie hergekommen war. Lulu streckte die Hand aus, aber Dave zog die Spritze zurück.

»So muss es nicht kommen, Lulu.«

»Es gibt kein Zurück mehr, Baby.« Immer noch mit ausgestreckter Hand, die Handfläche nach oben, wartend.

Denny setzte zu einem Sprung an, legte die Hände links und rechts neben seinen Hüften auf den Stuhlsitz. Doch als er aufstehen wollte, stellte er zu seinem Entsetzen fest, dass er trotz der aufwallenden Kraft in seinen Händen und seinen Beinen den Körper nicht bewegen konnte. Er saß immer noch fest. Sein Körper, in einer seltsamen Trägheit gefangen, widersetzte sich den Befehlen seines Gehirns.

Die Panik hatte ihn jetzt voll und ganz im Griff. Hilflos sah er auf seinen Körper hinunter, der ihn so im Stich ließ, und dabei hörte er Lulu aufschreien: »Was hast du getan, Baby?«

Er schaute auf und sah Dave die Spritze aus Lulus Hals ziehen, sah vor dem Hintergrund der hellen Haut ein Rinnsal von Blut, wie ein Wurm, sah, wie ihr Gesicht sich vor Fassungslosigkeit und Entsetzen verzerrte.

»Ich liebe dich, Lulu«, sagte Dave, als sie die Arme hochwarf, das Gleichgewicht verlor, gegen das Gehgestell fiel und ins Straucheln kam. Die Hände tasteten wild nach Halt, fanden aber nichts, wo sie sich festklammern konnten. Der Boden erzitterte, als ihr Körper darauf aufschlug.

Einen schrecklichen Augenblick lang herrschte Stille.

Immer noch an den Stuhl gefesselt, sah Denny zu, wie Dave sich neben Lulu niederkniete und sie in den Armen wiegte. Schaum trat ihr aus dem Mund; ihr Körper wand sich in heftigen Zuckungen und war dann still.

»Ich habe sie geliebt«, sagte Dave. »Sie hat so viel gelitten, sie wollte nicht grausam sein.«

»Sie wollte mich umbringen«, sagte Denny und nickte zu der Spritze hin, die auf dem Boden lag.

»Meine Schuld, dass ich es so weit kommen ließ«, sagte Dave. »Ich hätte nicht zulassen dürfen, dass sie so weit geht.« Er ließ sich neben Lulu auf dem Boden nieder, hielt sie zärtlich in den Armen. »Geh raus hier, Denny. Bitte. Vergiss uns.«

»Das kann ich nicht«, sagte Denny. Und meinte damit: Er konnte sich nicht bewegen und er konnte nicht vergessen.

»Die Wirkung müsste jetzt schon nachlassen. Steh auf. Geh fort von hier.«

»Und Sie, Dave?«

Dave gab keine Antwort, streichelte Lulus Gesicht.

»Was wird mit Ihnen?«, fragte Denny beharrlich weiter.

Dave sah ihn mit einem langen, langen Blick an. In seinen Augen lag abgrundtiefe Trauer.

Und da wusste Denny, was Dave vorhatte.

»Bitte geh, bitte lass uns allein.« Daves Stimme war nur noch ein Flüstern, in jeder Silbe lag große Müdigkeit.

Wie ein Roboter erhob sich Denny von seinem Stuhl und es überkam ihn der Drang, diese Szenerie von Krankheit und Tod zu verlassen, fortzukommen von dieser verrückten Frau, die tot auf dem Boden lag, und dem gramgebeugten Mann an ihrer Seite.

Auf wankenden Beinen stolperte er zur Tür. Stützte sich dort ab und sah zurück, sah Daves trauriges Lächeln, die leuchtenden falschen Zähne, sah ihn in seiner Tasche herumtasten.

»Auf Wiedersehen, Dave«, sagte er und zog behutsam die Tür hinter sich ins Schloss.

Draußen, in der frischen Abendluft, stieg eine Welle von Kraft in ihm empor. Er rannte wild drauflos, blindlings, rannte mit heftig klopfendem Herzen durch die Straßen seines Viertels.

Als er schließlich außer Atem war und der Schmerz ihm in die Leistengegend schnitt, blieb er an der Telefonzelle stehen, von der aus er Les Albert angerufen hatte. Nach einer Weile fischte er ein Vierteldollarstück aus der Tasche, steckte es in den Schlitz, hörte die Münze fallen und bereitete sich auf das vor, was er zu sagen hatte.

Später kauerte er in einem Hauseingang und sah den Krankenwagen mit gellender Sirene vorbeifahren, ein verschwommener weißer Fleck, gefolgt von einem Streifenwagen, auf dessen Dach sich das Blaulicht drehte. Er hatte der Fahrdienstleiterin der Polizei seinen Namen nicht genannt, hatte nur die Adresse durchgegeben und gesagt, was die Polizei dort vorfinden würde.

Dave und Lulu sollten nicht Stunden oder vielleicht sogar Tage lang verlassen und unentdeckt dort liegen.

Er stand an der Ecke und betrachtete das Neonschild des 24-Stunden-Ladens oben in der Straße. Die 4 war dunkel. Trotz der Kälte blieb er eine Weile dort stehen.

Er wollte nicht nach Hause.

Aber es gab keinen anderen Ort, wo er hinkonnte.

Vielleicht ist es das, was ein Zuhause ausmacht, dachte er, während er in die Einfahrt bog.

Und man konnte von Glück sagen eins zu haben.

Die Monster an der Bushaltestelle führten sich auf wie immer, schubsten und stießen einander und riefen den Passanten unanständige Bemerkungen zu. Ein neues Monster war erschienen, ein Junge, höchstens zehn Jahre alt, der sich von den anderen abseits hielt und in einer kauernden Haltung dastand, auf den Lippen ein höhnisches Lächeln und dazu eine Zigarette. Wenn er daran zog, waren kleine, spitze Zähne zu sehen. Denny kramte in seinem Gedächtnis und verpasste ihm den Namen Igor II.

Er schaute die Straße entlang und dachte dabei an den Tag – es kam ihm so vor, als wäre das schon sehr lange her –, an dem Dawn Chelmsford gekommen war, und er fragte sich, ob sie sich wohl wieder mal blicken ließ. Er hatte sie nicht angerufen. Wusste nicht, was er tun würde, wenn sie kam. Die Erinnerung an sie war verblasst. Aber heute war alles blass, wie der frühe Raureif, der am Morgen die Fensterscheiben weiß überzogen hatte.

Müdigkeit zerrte an seinen Knochen und Muskeln und seine Augen brannten. Am Wochenende hatte er nicht viel Schlaf bekommen. Das Telefon hatte ohne Unterlass geklingelt. Hin und wieder saß Denny zu nächtlicher Stunde bei seinem Vater und beobachtete ihn dabei, wie er geduldig zuhörte, den Hörer ans Ohr gedrückt. Je weiter die Nacht voranschritt, desto tiefer wurden die Falten in seinem Gesicht. Er dachte an die Worte seines Vaters, die wie ein Gebet waren: *Ich biete mich ihnen dar.*

Manchmal hätte er seinem Vater am liebsten den Hörer aus der Hand gerissen und denjenigen, den er gerade an der Strippe hatte, laut angeschrien. *Lassen Sie uns in Ruhe ... Sie müssen irgendwie krank sein ... Können Sie mit Ihrem Leben nichts Besseres anfangen?*

Einige der Wochenendanrufer waren Reporter gewesen, die sein Vater mit seinem üblichen »Kein Kommentar« abspeiste. Neugierige gingen am Haus vorbei und verrenkten sich fast die Hälse, während sie das Gebäude mit den Augen verschlangen. Einige machten Fotos. Ein Mann zückte einen klobigen Camcorder – vielleicht war er ein Kameramann vom Fernsehen.

Im Verlauf des Wochenendes hatte Denny zweimal die Wohnung verlassen. Sein erster Weg hatte ihn in die Straße von Dave und Lulu geführt. Das Haus machte den Eindruck, als stünde es leer. Die Rollläden waren heruntergelassen, auf der Veranda lagen Werbeprospekte herum. Im *Barstow Patriot* war an diesem Tag auf der Seite mit den Todesanzeigen ein Artikel erschienen. Die Überschrift war nüchtern und klar:

GEMEINSAMER SELBSTMORD
ZWEI TODESOPFER

Der Artikel war sachlich, nicht reißerisch aufgemacht wie in einem Revolverblatt. Zum ersten Mal stieß Denny auf Daves Nachnamen – O'Hearn – und war erstaunt, dass er sich nie die Mühe gemacht hatte danach zu fragen. Kopfschüttelnd las er die traurigen Worte: »Hinterbliebene sind nicht bekannt.«

Denny wusste, dass es lange dauern würde, bis er die Ereignisse jenes Abends vergessen konnte. *Vergessen?* Das würde er nie vergessen. Wie nahe er dem Tod gekommen war – bei der Erinnerung daran stockte ihm immer noch der Atem. Wenn er die Augen schloss, sah er Lulu wieder auf dem Boden liegen, sah, wie Dave sie umarmte. Das Bild wurde lebendig, lief wie ein Film in seinem Kopf ab. Aber das Ganze war wahr, keineswegs ein Film.

Er wandte sich von Daves Haus ab und fragte sich dabei, ob er seinen Eltern jemals erzählen würde, was geschehen war. Vielleicht nach dem Jahrestag, wenn das Telefon nicht mehr klingelte. Oder vielleicht auch nie. Vielleicht würde er leichter vergessen, wenn er nicht darüber sprach.

Das zweite Mal verließ er die Wohnung um seine Mutter zur St.-Martins-Kirche zu begleiten, zur Frühmesse um halb sieben. Die Kirche war fast leer. Während er im Duft der brennenden Kerzen kniete, dachte er an Lulu und an die Leere. Ob auf jeden diese Leere wartete? Er warf seiner Mutter einen Blick zu, sah sie andächtig beten und dabei die Lippen bewegen, die Augen gesenkt.

All die vielen Geistlichen und Nonnen glaubten an Himmel und Hölle und Fegefeuer. Vielleicht *war* diese Leere die Hölle, wie Lulu gemeint hatte. Ein Schauder durchlief ihn, als ein kalter Hauch durch die Luft strich. Er sprach die alten Gebete seiner Kindheit – Vater unser im Himmel; Gegrüßet seist du, Maria, voll der Gnade. Betete die Worte automatisch, aber sie füllten seinen Kopf, führten seine Gedanken weg von Lulu und dieser Leere. Vielleicht war schon das Beten selbst die Erhörung seiner Gebete. Dieser Gedanke kam ihm ganz unversehens. Darüber würde er noch nachdenken müssen. Aber augenblicklich betete er weiter, begann die Gebete wieder und wieder von vorn.

Gerade als der Bus rumpelnd in Sicht kam, traf Dawn ein, abgehetzt, außer Atem, mit schlenkernder Büchertasche.

Sie war immer noch wunderschön. Die Monster johlten und pfiffen, ließen sie aber durch. Denny stieg als Letzter ein. Er sah, dass sie sich auf einem Platz hinten im Bus niederließ, und machte sich auf den Weg zu ihr, wich dabei ausgestreckten Beinen aus, die ihn zu Fall bringen wollten. Betroffen stellte er fest, dass sie ihre Tasche auf den Sitz neben sich gestellt hatte, ein Signal, dass Gesellschaft nicht erwünscht war.

Als er an ihr vorbeiging, sah sie aus dem Fenster. Er setzte sich zwei Reihen hinter sie. Der Bus machte einen Satz und fuhr los.

»Hey, Denny, dein Mädchen ist wieder da, aber ich glaub, sie ist sauer auf dich.« Die Stimme von Dracula hallte durch den Bus. Wie üblich ignorierte Denny ihn und konzentrierte sich auf die Werbeplakate über den Fensterscheiben. »Superschnäppchen in Super-Dealys Autohaus.«

»Hey, Denny, wie kommt's, dass du so ein Versager bist?« Wieder diese Jimmy-Cagney-Stimme.

Genau, Denny, wie kommt's, dass du so ein Versager bist?

Er stand auf und verlor sofort das Gleichgewicht, weil der Bus gerade um eine Ecke schoss. Halt suchend klammerte er sich an Dawns Sitzplatz fest. Sie sah weiter aus dem Fenster, aber er bemerkte die roten Flecken, die sich auf ihren Wangen abzeichneten.

»Sieh dich vor, Denny – sie knallt dir vielleicht eine.« Das war wieder Dracula.

»Würdest du das tun?«, fragte Denny.

Sie sah ihn nicht an, sagte aber: »Würde ich was tun?«

»Mir eine knallen.«

»Ich bin ein gewaltfreier Mensch«, sagte sie.

Endlich schaute sie doch auf. »Du hast nicht angerufen«, sagte sie. In ihren blaugrauen Augen lag kein Zorn, aber etwas anderes blitzte in ihnen auf – was? Vielleicht Enttäuschung. Oder Kränkung. Er hätte nie gedacht, dass er in der Lage war ein Mädchen auf diese Weise zu kränken.

»Ich habe in der Zeitung von deinem Vater gelesen«, sagte sie. »Hast du deshalb nicht angerufen? Wegen dieser ganzen Schikanen?«

Eine perfekte Ausrede. Es wäre so einfach, sie zu belügen. Aber er wollte sie nicht anlügen. Nicht sie.

»Nein, es war was anderes. Etwas, worüber ich jetzt noch nicht sprechen kann ...«

Sie seufzte, schüttelte den Kopf und murmelte: »Ich muss verrückt sein.« Dann zog sie ihre Tasche vom Sitz und stellte sie auf den Boden.

Er setzte sich neben sie.

Und stellte fest, dass er ihr nichts zu sagen hatte.

Als er an der Normal Prep aus dem Bus stieg, schlug ihm ein eiskalter Wind entgegen, der die Blätter auf dem Bürgersteig in alle Richtungen auseinander jagte. Jungen strömten an ihm vorbei, während er niedergeschlagen zum Bus zurücksah und an Dawn dachte. *Verdammt noch mal. Verdammt noch mal! Was ist nur los mit mir? Sie* war schön und sie hatte ihm im Bus Platz gemacht – hatte ihm Platz in ihrem Leben eingeräumt – und er hatte wortlos dagesessen und plötzlich Sehnsucht gehabt. Nach Lulu. Ausgerechnet! Nach Lulu, die ihn umbringen wollte, aber er sehnte sich dennoch nach ihr, nach der Stimme am Telefon und nach den Dingen, die diese Stimme sagte. *Ich glaube, wir sind füreinander bestimmt, Denny.* Wie sehr hatte er diese Stimme geliebt. Liebte auch jetzt noch ihren Nachhall in seinem Leben. Das bedeutete, dass er nichts geliebt hatte, nichts und niemand, denn die Lulu, die diese Worte zu ihm gesagt hatte, war nicht echt gewesen, noch nicht einmal ein Gespenst oder ein Phantom, sondern nur ein Phantasiegebilde. *Ich möchte, dass du alles an mir liebst, Denny.*

Das erste Klingelzeichen ertönte. Er stapfte zum Schultor, die Bücher lasteten ihm schwer im Arm. Ein Stück vor sich entdeckte er Lawrence Hanson. *Du hast noch sehr viel zu lernen,* hatte Hanson gesagt. Aber wie lernte man von jemandem Abschied zu nehmen, der gar nicht existiert hatte?

Es klingelte zum zweiten Mal. Langsam ging er im kalten Novemberwind über den Hof und stieg die Treppe zur Schule hinauf.

mehr lesen

von Robert Cormier:

Robert Cormier

Nur eine Kleinigkeit

Verlag Sauerländer

Katholischer Kinderbuch-preis 1997

Nach dem Tod von Henrys Bruder ist der Vater kaum ansprechbar, und die Mutter schuftet um die Familie durchzubringen. Zum Glück findet auch Henry einen Job bei Mr. Hairston, dem Kaufmann, der vor seinen Kunden dienert und hinter ihrem Rücken über sie herzieht. Ganz anders ist Henrys Verbindung zu dem alten Mr. Levine, der im Altenheim wohnt und seine Tage damit verbringt sein zerstörtes polnisches Heimatdorf aus selbstgeschnitzten Holzfiguren wieder auferstehen zu lassen. Zwischen dem Alten und Henry wächst eine wortlose Zuneigung. Doch dann verlangt Mr. Hairston etwas von Henry, «nur eine Kleinigkeit». Er soll das wiedererstandene Dorf des alten Levine zerstören…
Ab 12 Jahren, 112 Seiten. Gebunden.

Verlag Sauerländer

mehr *lesen*

von Robert Cormier:

Robert Cormier

Unheilvolle Minuten

Verlag Sauerländer

Es dauert nur neunundvierzig Minuten, in ein Haus einzudringen und es vollständig zu verwüsten. Danach ist nichts mehr wie zuvor. Jane fühlt sich in ihrem Zimmer nicht mehr zu Hause, nimmt auch nach der Renovierung noch den Gestank der Zerstörung unter der frischen Farbe wahr. Und ihre Schwester liegt im Koma… Aber auch für Buddy hat sich alles verändert. Dass er bei der Verwüstung mitgemacht hat, bringt sein Leben restlos durcheinander – mehr noch als die Trennung der Eltern und sogar noch mehr als der Alkohol, dem er sich immer häufiger zuwendet. Und da ist der Rächer, der die Tat beobachtet hat und seine Pläne schmiedet…

Ab 14 Jahren, 219 Seiten. Gebunden.

Verlag Sauerländer

mehr lesen

von Paula Fox:

Liam Cormac ist 13 Jahre alt, als er erfährt, dass sein Vater an Aids erkrankt ist. Eine Art von Krebs, erzählt Liam seinen Freunden. Die Folge einer

verseuchten Blutkonserve, sagt die Mutter. Doch in Liam steigen Erinnerungen hoch. Drei Jahre sind seit jenem Sommertag in den Dünen vergangen, als Liam seinen Vater und einen fremden jungen Mann dabei beobachtete, wie sie sich zärtlich umarmten. Die Erinnerung daran hatte Liam tief in sich begraben, jetzt bricht sie mit aller Macht hervor. Er wird er mit seinen eigenen widersprüchlichen Gefühlen konfrontiert – mit seiner Enttäuschung und seiner Angst, aber auch seinem Mitleid für den Vater und dem Zorn über das Vertuschen und Verschweigen der Ursache für die Krankheit. Erst nach langer Sprachlosigkeit gelingt es Vater und Sohn, einen Weg zueinander zu finden, ohne falsche Sentimentalität, schonungslos ehrlich – jenseits aller Lügen.

Ab 13 Jahren, 112 Seiten. Gebunden.

Verlag Sauerländer